PRESCOTT

Sisters 2

DIE ENTFÜHRUNG

Karin Lindberg

Reihenfolge „Prescott Sisters":

Band 1 Der Maskenball
Band 2 Die Entführung
Band 3 Der Meisterdieb
Band 4 Der Amerikaner
Band 5 Der Bodyguard

Verlag:
BookRix GmbH & Co. KG
Sonnenstraße 23
80331 München
Deutschland

Lektorat: Dorothea Kenneweg
Korrektorat: Andreas Fischer
Covergestaltung: Casandra Krammer
Copyright © Karin Lindberg 2017

www.karinlindberg.info

ISBN: 978-3-7438-1185-0

www.bookrix.de

Prescott

Sisters 2

Die Entführung

Bisher erschienen

Shanghai Love Affairs

Vertraglich Verliebt (1)
High Heels im Schnee (2)
Act of Law – Liebe verpflichtet (3)

Romantische Komödien

Ein Abenteuer in den Highlands
Liebe süßsauer
Lilja und die Liebe
Ein Schokoholic will Meer
Wollsockenwinterknistern
Ein Vorurteil kommt selten allein

Prescott Sisters

Der Maskenball
Die Entführung

Prolog

„SCHON OKAY", murmele ich, was es natürlich nicht ist. Es ist *nicht* in Ordnung, wie er mich behandelt hat. Ganz und gar nicht. Das auszudiskutieren, ist im Moment jedoch sinnlos.

„Ich helfe dir", teile ich ihm mit, woraufhin Hunter mich mit offenem Mund anstarrt.

„Du ... hilfst mir?" Seine samtige Stimme ist leise, beinahe ungläubig. Es ist einer dieser Augenblicke des stummen Austauschs von Emotionen zwischen uns, wie wir es so oft hatten in den letzten beiden Tagen.

Ich weiß, dass ihm mein Entgegenkommen viel bedeutet, und eine seltsame Wärme durchflutet meinen Körper.

„Ja", gebe ich gespielt gelassen zurück. „Ich habe ja keine Wahl, nicht?"

Ich lache zu schrill. Gott, ich führe mich wie ein verdammter Teenager auf. Wann genau ist die selbstbewusste Megan mit dem scharfen Verstand verloren gegangen?

Vermutlich irgendwo auf dem Weg von Shanghai nach Moganshan.

Er nickt mir zu. Ungewohnt förmlich. Typisch asiatisch. Es ist seine Art, mir seinen Respekt zu zeigen. „Danke, Megan. Ich danke dir."

Er kommt auf mich zu, und in meinem Magen flattert etwas auf. Schon wieder. Obwohl ich nichts weniger als das gebrauchen könnte, fühle ich mich von ihm angezogen. Er ist so männlich, bestimmt, und das finde ich sexy. Unglaublich sexy.

„Noch gibt es nichts zu danken", antworte ich verlegen, weiche seinem Blick dabei nicht aus.

Im Gegenteil, es ist, als läge ein unsichtbares Band zwischen uns. Ich kann nicht wegsehen und ich will es auch nicht.

Der Moment ist atemberaubend und mir wird ganz flau im Magen, als der Anflug eines Lächelns um seine Mundwinkel erscheint. Es ist das erste Mal, dass ich ihn lächeln sehe, seit wir hier sind. Seine dunklen, mandelförmigen Augen sind nach wie vor auf mich gerichtet. Mein Blut rauscht wie ein Wasserfall durch meinen ohnehin schon vom Bad erhitzten Körper. Hunter tritt plötzlich noch einen Schritt auf mich zu und umarmt mich. Ganz ohne Vorwarnung.

Ich unterdrücke einen überraschten Seufzer. Er streicht über meinen Rücken und ich schmiege mich in seine Arme. Es ist so schön, von ihm gehalten zu werden, auch wenn es falsch ist. Ich liebe es, wie sich seine Nähe anfühlt. Der holzig männliche Geruch, der so typisch für ihn ist, umgibt uns und benebelt meinen Verstand vollends.

„Du solltest loslassen", flüstere ich, tue aber nichts, was ihn davon überzeugen könnte. Stattdessen kuschele ich mich noch ein wenig enger an ihn.

„Ich will nicht loslassen." Seine Stimme ist rau. Ich kann den Sturm, der in seinem Inneren tobt, förmlich spüren, und der Klang seiner Worte hallt noch lange in mir nach.

Er will mich auch nicht loslassen, wiederhole ich seinen Satz in meinen Gedanken. Es fühlt sich so gut an, alles in mir schreit danach, dass er mich küsst. Ich will mehr als nur eine Umarmung.

„Du musst", kommt über meine Lippen. Es klingt wenig glaubhaft.

„Du stehst immer noch hier bei mir, deine Hand liegt auf meiner Hüfte. Meinst du nicht, es ist … gegenseitig?"

O Gott. Wann habe ich meine Hand auf seine Hüfte gelegt? Was habe ich noch getan, ohne es bewusst wahrzunehmen? Ich fühle mich berauscht, so lebendig wie nie zuvor. Dabei ist noch nichts, rein gar nichts zwischen uns passiert.

1

ACHTUNDVIERZIG STUNDEN FRÜHER

Eines Tages laufe ich schreiend davon. Die herrische Ader meines Vaters wird mich irgendwann noch ins Grab bringen – oder in die Klapse. Ich bin es ja gewohnt, dass mein Erzeuger kompromisslos auf seiner Sicht beharrt, trotzdem widerstrebt es mir, ihm in diesem Punkt – wie sonst üblich – nachzugeben.

Ich verstehe, dass er empfindlich auf das Thema Vertrauensbruch reagiert und dass seine Emotionen leicht hochkochen. Immerhin haben wir den Vorgänger des aktuellen CFOs nicht in allen Ehren entlassen, sondern ihn im hohen Bogen feuern müssen. Er hatte betriebsinterne Informationen an einen Konkurrenzkonzern weitergegeben – wahrscheinlich für eine Stange Geld.

Nun ja, egal wie viel er zurzeit auf dem Konto hat, jetzt kann er in Shanghai vergeblich nach einem Job suchen, dafür hat mein Vater gesorgt.

Nichtsdestotrotz ... Hunter Kim war ein fähiger Mitarbeiter, fachlich gesehen jedenfalls. Umso größer ist meine Enttäuschung, dass ausgerechnet er aus Geldgier diesen Betrug riskiert haben soll. So was hätte ich ihm nie zugetraut. Sein Nachfolger hat einige Schwierigkeiten, in seine Fußstapfen zu treten.

Dennis Wang kennt sich in manchen Bereichen, der Bilanzbuchhaltung zum Beispiel, sehr gut aus, leider mangelt es ihm an Führungsqualitäten und Erfahrung.

Wir brauchen eine neue Besetzung für die Stelle und das muss mein Vater endlich mal verstehen.

„Dad", versuche ich es erneut, auch wenn mir klar ist, dass es vermutlich nichts bringen wird. Mein Vater will mir nicht zuhören, das ist nicht zu übersehen.

„Wir müssen eine andere Lösung für die Finanzabteilung finden. Ich fürchte, Dennis ist überfordert."

Und das war noch milde ausgedrückt. Dennis ist ein super Mann für die zweite Reihe, aber eben nicht für den Posten des Abteilungsleiters.

Seit sein Vorgänger vor einigen Wochen im hohen Bogen rausgeflogen ist, geht es in der ehemals gut organisierten Abteilung drunter und drüber.

„Nein!", donnert mein Vater und schlägt mit der Faust auf seinen Schreibtisch. „Und jetzt Schluss mit dem Unsinn! Dennis bekommt seine Chance. Er hat jahrelang an Hunters Seite gearbeitet und ist sehr wohl fähig, die Position des CFOs zu übernehmen. Lass mich damit ein für alle Mal in Ruhe."

Amen.

Ich zweifele daran, dass mein Dad mit seiner Einschätzung des Interims-Finanzchefs richtigliegt, ich habe mich für heute jedoch genug anschreien lassen und keine Lust auf zusätzliche Zurechtweisungen.

Ich koche vor Wut, als ich sein Büro wortlos verlasse und die Tür hinter mir zuknalle. Mein Vater kann ruhig wissen, dass ich es leid bin, so von ihm behandelt zu werden.

Wann, zur Hölle, wird er mich endlich ernst nehmen und mir in diesen Entscheidungen vertrauen? Dabei habe ich mich, seit ich nach meinem Masterstudium im Familienkonzern eingestiegen bin, weißgott oft genug bewiesen. Ich leite einen ganzen Firmenzweig, aber sobald es um die Holding geht, ist mein Erzeuger beratungsresistent. Er ist und bleibt ein Patriarch, der sich von nichts und niemandem etwas sagen lässt. Dabei hat er durchaus seine weichen und liebevollen Seiten – die lässt er bei der Arbeit unerfreulicherweise selten bis nie durchscheinen, was mir zunehmend auf die Nerven geht.

Ich bin abgespannt und müde, habe seit Monaten kaum einen freien Tag gehabt und meine Toleranz gegenüber seinem herabwürdigenden Verhalten ist mittlerweile gleich null. Traurigerweise muss ich mir eingestehen, dass ich nicht mutig genug bin, ihn vor die Wahl zu stellen. Mein Job macht mir Spaß. Sehr viel Spaß, und ich habe Angst, dass er sich falsch entscheiden würde. Ich bin gut in dem, was ich tue, und mein Vater weiß das auch, aber …

Während ich mein Büro betrete und die Tür hinter mir zuknalle, seufze ich leise auf und lehne mich einen Moment von innen gegen das kühle Holz. Das Klingeln meines Tischtelefons erschreckt mich und ich zucke leicht zusammen. Mit vier langen Schritten bin ich an meinem Schreibtisch und hebe ab.

„Ja?"

„Liebes, tut mir leid, ich wollte dich nicht anschreien", höre ich die ruhige Stimme meines Vaters am anderen Ende.

Hast du aber.

„Du denkst doch an das Abendessen heute, nicht?", fährt er sanft fort.

Ich rolle mit den Augen und sehe auf den Stapel Akten, der auf mich wartet. Unendlich viele Papiere, die überall auf meinem Tisch ausgebreitet sind. Ich atme tief ein und schließe kurz die Lider. „Klar, Dad. Eigentlich habe ich noch so viel zu tun..."

„Megan, das glaube ich dir gerne. Tu es mir zuliebe, es würde mich freuen. Du warst in letzter Zeit so selten mit von der Partie. Du kannst nicht immer nur arbeiten."

Das muss er gerade herausposaunen! Ich unterdrücke ein humorloses Lachen. Sein Job ist das einzige Vergnügen, dem mein Vater nachgeht – außer gelegentlichen Pferderennen natürlich –, ein Privatleben hat der Mann ansonsten nicht. Nicht mehr. Nicht, seit meine Mutter verschwunden ist.

Ich will nicht an dieses schreckliche Ereignis denken. Meine Kindheit war mit einem Schlag vorbei. Auch wenn es etwas mehr als zwanzig Jahre her ist, schmerzt es immer noch.

„Megan!", höre ich seine Stimme mit Nachdruck durch die Leitung.

Selbstverständlich kann ich nicht Nein sagen, obwohl ich mein Büro dem Dinner vorziehen würde.

Ja, wen sollte es wundern, dass ich ihm ähnlich bin? Ich lebe, wie er, für meine Arbeit, für unsere Firma – und ich mag es, wie es ist. Beziehungen sind nichts für mich, die meisten enden ohnehin vor dem Scheidungsanwalt oder noch schlimmer ...

Zurück zum Thema: Ich mag meinen Job und meinen Vater. Nur seine herrische Ader, die könnte er etwas zügeln. Wahrscheinlich wird aber eher die Hölle zufrieren, als dass er mir irgendwann nachgeben würde. Der Gedanke erheitert mich seltsamerweise.

„Ich habe doch gesagt, dass ich komme", entgegne ich deswegen eine Spur versöhnlicher.

„Gut, bis nachher, Liebes."

Mein Dad beendet das Gespräch. Ich lege den Hörer aufs Telefon, umrunde meinen Schreibtisch und lasse mich ächzend in den ledernen Bürostuhl fallen. Bevor ich gehe, muss ich zumindest einen Teil von dem Chaos hier beseitigen.

Ein Klopfen ertönt, dann öffnet sich meine Bürotür langsam.

„Megan, haben Sie einen Moment?" Dennis schaut in mein Büro und wartet an der Tür, bis ich ihn hereinbitte.

„Ja, was gibt es denn?" Ich blicke zu ihm auf und er lächelt mich freundlich an.

„Ich habe hier einige Verträge, die müssten noch unterzeichnet werden, außerdem die Zahlungen, die noch freigegeben werden müssen."

Er kommt an meinen Tisch und legt mir eine Unterschriftenmappe vor. „Hier, bitte. Ich hoffe, es ist alles zu Ihrer Zufriedenheit?"

„Muss es jetzt sofort sein?" Ich habe wirklich keine Zeit.

„Ich fürchte ja, tut mir leid, eigentlich hatte ich es gestern schon vorbeibringen wollen, aber da waren Sie in Meetings."

Er hat natürlich recht. „In Ordnung setzen Sie sich, Dennis. Ich schaue es mir gleich an."

„Gerne." Dennis setzt sich auf einen Stuhl vor meinem Schreibtisch und ich sehe die Papiere durch. Seine Vorarbeit ist ordentlich, vielleicht hatte mein Vater doch nicht unrecht, ihm eine Chance zu geben. Nachdem ich alles abgezeichnet habe, hebe ich meinen Kopf und bemerke, dass er mich beobachtet haben muss. Verlegen sieht er weg.

„Bitte, Dennis. Sehr gut." Ich schiebe ihm die Mappe zu.

„Vielen Dank, Megan." Er steht auf und lächelt mich erneut an. „Ich wünsche Ihnen einen schönen Abend."

Sein Blick hängt einen Moment zu lange auf meinem Dekolleté, dann erinnert er sich anscheinend daran, mir besser in die Augen zu schauen. Eine leichte Röte überzieht sein Gesicht. „Auf Wiedersehen", stammelt er und stürzt förmlich aus meinem Büro.

„Was war das denn?", murmele ich irritiert vor mich hin. Es scheint mir fast, als würde unser Finanzmann ein Interesse an mir hegen, das das einer beruflichen Beziehung übersteigt. In diese Richtung habe ich noch nie bei einem Mitarbeiter gedacht. Dabei gibt es in der Führungsetage immer wieder mal interessante, attraktive Männer. Dennis sieht gut aus, ist gebildet und er hat ungefähr mein Alter, aber Büro-Techtelmechtel sind unangebracht und unprofessionell. Das wird er schnellstens lernen müssen. Vielleicht habe ich mich auch getäuscht und er hat sich wirklich nur über mein Lob gefreut. Es ist schmeichelhaft, dass er mich anziehend finden könnte, mehr wird zwischen uns niemals passieren.

Etwa zwei Stunden später betrete ich den Salon in der Villa meines Vaters. Meine Tante Helen und Granny sitzen bereits dort und genießen ein Glas Sherry.

Ashley und Kate sind schon da, nur mein Vater noch nicht. Ich begrüße alle mit einem Küsschen und lasse mich auf die Lehne des braunen Ledersessels bei meiner Großmutter nieder. Da ich keine Zeit mehr hatte, zur mir zu fahren, um mich umzuziehen, stecke ich nach wie vor im Hosenanzug. Alle anderen haben sich leger, aber schick gekleidet. Ich steche wie üblich aus der Frauenrunde hervor wie ein Pinguin unter Flamingos.

„Wie schön, dass du da bist", sagt meine Tante Helen noch einmal und lächelt mich strahlend an. Wenn ich es nicht besser wüsste, würde ich sagen, sie könnte die Tochter meiner Oma sein. Die beiden haben nahezu die gleiche Frisur und auf jeden Fall dieselbe aristokratische Art, sich zu bewegen und zu reden. Sie mögen sich nicht, was sie für den Moment im Griff zu haben scheinen. Sie wirken relativ gelassen, während sie gelegentlich an ihren Sherrygläsern nippen. Helen hatte sich entschlossen, für eine Weile bei uns in Shanghai zu bleiben. Sie müsse ihre Scheidung verarbeiten, hatte sie mir letzte Woche erklärt.

„Leute", platzt Ashley heraus, „habe ich euch schon von der Ausstellung erzählt, die ich plane? Ihr müsst alle dabei sein!"

Ich sehe sie mit gerunzelter Stirn an. „Was ist so besonders daran? Das machst du doch ständig. Und wann soll das überhaupt stattfinden? Würdest du bitte einfach eine Einladung über den Familienkalender schicken? Sonst werde ich mir das nie merken."

Kate nickt. „Ich habe momentan echt viel zu tun. Wäre ja blöd, wenn ich mir einen anderen Termin eintrage und dann nicht kommen kann."

Ashley lächelt und zückt ihr Smartphone. „Es wird *das* Event der Saison. Das Außergewöhnliche ist, dass ich einige Wahnsinnswerke in Aussicht habe, und alle, die in Shanghai in puncto Kunst was auf sich halten, werden mit von der Partie sein. Es sind Graphiken dabei, die niemand vorher gesehen hat, das darf man sich auf keinen Fall entgehen lassen. Das mit dem Kalender mache ich, klar. Und Kate, für dich ist es die Gelegenheit, um ein paar potenzielle Kunden zu treffen. Da rennt ziemlich interessantes Material herum."

Sie wackelt anzüglich mit den Augenbrauen. Mir ist bewusst, dass sie eher einen Kerl sucht, mit dem sie eine Affäre haben kann. Sie glaubt nicht ernsthaft, dass Kate es nötig hätte neue Auftraggeber an Land zu ziehen. Soweit ich weiß, läuft ihr Innenarchitekturbüro sehr gut und sie hat mehr Aufträge – und Verehrer –, als sie braucht.

Granny rümpft die Nase und stöhnt leise. „Mädchen, ich hasse es, wenn ihr so vulgär redet. Das wisst ihr! Zügelt eure Zungen, ihr seid aus gutem Hause."

Ich unterdrücke ein Schmunzeln, schließlich will ich nicht gleich wieder selbst einen Spruch abbekommen von wegen, wann ich endlich gedenke, mir einen Mann zu suchen. Unsere Oma hat etwas antiquierte Vorstellungen, was das angeht. Wenn ich ihr sagen würde, dass ich nicht vorhabe, jemals zu heiraten, und schon gar nicht, Kinder zu bekommen, würde sie mich wahrscheinlich höchstpersönlich in ein Boot-Camp für alte Jungfern stecken. In diesem Punkt traue ich ihr alles zu.

„Wann ist die Ausstellung denn? Vielleicht bin ich ja auch noch da", rettet Helen die Situation.

„Ich schicke eine Mail an euch, ihr müsst die Einladung nur noch akzeptieren. Es trägt sich dann direkt in deinen Kalender ein, Tante Helen", erklärt Ashley und tippt nebenbei auf ihrem Smartphone herum.

Helen stöhnt. „Von Technik habe ich doch keine Ahnung, ich bin froh, dass ich mit dem Ding telefonieren kann."

Kate kichert. „Wir helfen dir. Oder frag einfach Emma."

Bei der Erwähnung dieses Namens verzieht meine Oma – wie üblich – das Gesicht.

„Schon okay, irgendwie bekomme ich es hin", entgegnet Helen lächelnd und nippt an ihrem Glas. Sieht aus, als würden meine Tante und Granny die Abneigung gegenüber unserem ehemaligen Kindermädchen teilen – ihre einzige echte Gemeinsamkeit.

„Es ist erst in ein paar Wochen. Die Ausstellung ist so groß, dass ich längst mit der Planung angefangen habe. Es wird *das* Event des Kunstjahres, das sage ich euch!" Ashley redet sich nahezu in Rage und wiederholt sich. Es scheint ihr tatsächlich wichtig zu sein.

„Das sagtest du bereits, Ash. Und … hochtrabende Worte", meint Kate und fängt sich von Ashley einen Ellenbogen in die Seite ein. „Au!", ruft sie und gibt ihr einen Klaps zurück.

Granny seufzt theatralisch. „So viel zum Thema Benehmen. Bei eurer Erziehung ist definitiv was schiefgelaufen. Wen wundert es – bei der Nanny!"

Ihre Seitenhiebe können manchmal ziemlich fies sein, Oma hasst Emma regelrecht. Sie konnte sie damals in England schon nicht leiden, auch wenn ich keine Ahnung habe, wieso. Wenn meine Großmutter sich einmal dazu entschieden hat, jemanden nicht zu mögen, hat er oder sie es schwer. Sie ändert ihre Meinung nicht mehr, obwohl sich Emma seit Jahren als unser Kindermädchen bewährt hat. Mittlerweile fungiert Emma mehr als private Assistentin und Haushaltsvorstand. Sie ist unersetzbar und sie schafft es, alles perfekt für uns zu organisieren. Umso bedauerlicher, dass meine Großmutter sie am liebsten persönlich entlassen würde, was mein Vater ihr aber verbietet – er ist der Boss. Wir Schwestern nehmen das nicht so ernst, selbstverständlich gibt es eine ganze Reihe Dinge, die Oma nicht mag. Harte Schale, weicher Kern. Es war immer sie, die uns eine Extraportion Eiscreme erlaubt hat, die uns abends, nachdem unser Vater längst gute Nacht gesagt hatte, eine Geschichte erzählte oder seine Strafen aufgehoben hat. Natürlich verpackt sie es so, als wäre sie viel strenger als er, was definitiv nicht stimmt.

„Granny!", schnaubt Kate, die ahnt, dass die nächste Spitze unserer Tante gelten dürfte. Helen weiß das offenbar auch, denn sie sieht betreten auf ihr Glas. Meiner Tante ist klar, dass sich das Verhältnis zwischen ihr und Granny nicht wirklich verbessert hat, nur, weil sie zwei Jahre nicht zu Besuch war. Unsere Großmutter mag sie einfach nicht. Wenigstens können sie in einem Raum sitzen und sich unterhalten, was man über Emma und Granny im Gegensatz nicht sagen kann.

Nach Mums Verschwinden war jeder aus unserer Familie ein rotes Tuch, oder eher umgekehrt. Mein Dad - und damit wir Kinder auch - wurde gemieden wie die Pest. Selbstverständlich schnitt man uns gesellschaftlich nicht offiziell, aber hinter vorgehaltener Hand haben sich die Leute das Maul zerrissen. Helen war die Einzige, die auf Dads Seite gewesen ist. Alle anderen haben meinen Vater – auch ohne einen Beweis – verurteilt. Wahrscheinlich ist es bei Granny einfach so ein generelles Ding, oder was weiß ich. Ich habe keine Ahnung. Wenn ich das nächste Mal mit Helen alleine bin, werde ich sie fragen. Aus meiner Großmutter bekommt man nie was raus, so gerne sie sonst plaudert, so verschwiegen ist sie bei bestimmten Themen. Das hat mich mehr als einmal zur Verzweiflung gebracht.

„Guten Abend, Ladys", tönt die kräftige Stimme meines Vaters durch den Raum. Er hat sich, wie es sich gehört, umgekleidet und trägt ein Button-down-Hemd, ein Tweed-Sakko und eine dunkelblaue Stoffhose, anstatt des obligatorischen Anzuges. Ein Leuchten huscht über Helens Gesicht, während sie sich in ihrem Stuhl strafft. Ich werfe meinen beiden Schwestern einen Blick zu, aber sie scheinen es nicht bemerkt zu haben. Läuft da was zwischen Dad und meiner Tante? Ich beäuge zuerst ihn, dann sie.

Nein. Ich muss mich getäuscht haben. Dad führt Granny zum Tisch, das würde er doch nicht machen, wenn er an Helen Interesse hätte. Wie abwegig. Die Schwester meiner Mutter? Wobei ... Soll ja schon in den besten Familien vorgekommen sein. Aber nein, ich glaube, sie hat sich einfach nur gefreut, dass wir alle zusammen sind. Helen hat einen echt üblen Rosenkrieg hinter sich, sicher genießt sie es, von Menschen umgeben zu sein, die sich nicht streiten.

Obwohl ... Na ja, für Krach sind wir Töchter gerne zu haben. Wir meinen es jedoch nie böse. Bei fünf Geschwistern kann man sich nicht immer einig sein, aber heute sind nicht alle anwesend.

Tessa ist, wie so oft, im Modelbusiness unterwegs und Virginia ist mit ihrem Freund Liam nach Australien geflogen, um seine Familie kennenzulernen. Die beiden geben Vollgas, was ihre Romanze angeht. Mir soll es recht sein, ich finde es wunderbar, wenn meine kleine Schwester glücklich ist.

Ich gehe mit Ashley, die nach wie vor mit ihrem Telefon beschäftigt ist.

Wir haben zwar keine offizielle Sitzordnung, dennoch gibt es ein ungeschriebenes Gesetz. Mein Dad sitzt am Kopf der Tafel und meine Großmutter neben ihm, rechter Hand. Helen hat sich auf die gegenüberliegende Seite gerettet. Ashley, Kate und ich nehmen jeweils die freien Stühle, sodass an unserer Speisetafel trotzdem noch drei Plätze leer sind. Sollten – was ich nicht glaube – wir Mädchen irgendwann alle mal eine Beziehung führen, muss mein Vater einen neuen Esstisch kaufen. Der Gedanke daran erheitert mich irgendwie.

„Was grinst du so?", fragt mich Ashley stirnrunzelnd. „Du bist doch sonst nicht so fröhlich." Ich weiß, dass sie es im Scherz meint, ein Funke Wahrheit liegt jedoch darin. Ich bin nun mal die Älteste und war mir immer meiner Verantwortung in der Familie bewusst. Vielleicht manchmal zu viel, aber ich kann nicht aus meiner Haut. Die anderen waren jünger als ich, als *es* passierte. Natürlich habe ich für die Kleineren mit gesorgt, mich nachts zu ihnen gelegt, wenn sie schlecht geträumt hatten. Wer hätte es sonst tun sollen? Mein Vater war dazu nicht in der Lage, und meine Großmutter war nie sehr für körperliche Nähe. Wir hatten nur noch uns, wir mussten zusammenhalten. Umso mehr ärgert es mich, dass ich oft von meinen Schwestern dafür angepflaumt werde, dass ich mich um sie sorge.

Blöde Kuh!, schießt es mir durch den Kopf, ich unterdrücke den Impuls, Ashley anzugiften. Sie meint es nicht so. Verletzend ist es trotzdem.

Ich presse die Lippen aufeinander und nicke unserer Köchin Crystal zu, als sie mir Weißwein anbietet.

„Du bist an Herzlichkeit heute mal wieder nicht zu übertreffen, Schwesterherz. Und du? Hast du die Klage gegen deinen Friseur schon laufen?" Den Seitenhieb hat sie verdient, obwohl ich vermute, dass ihre aktuelle Haarfarbe tatsächlich so gewünscht war. Wer zur Hölle lässt sich die Haare pink färben? Niemand – außer Ashley.

Glücklicherweise verläuft der Rest des Abendessens ansonsten relativ harmonisch. Relativ, weil meine Großmutter sich, seit mein Vater angekommen ist, reserviert verhält. Helen und er unterhalten sich hingegen prächtig, vorrangig über Themen, bei denen Granny nicht viel zu melden hat. Helen teilt seine Leidenschaft für Pferderennen zufälligerweise, wohingegen meine Großmutter die gelegentlichen Besuche auf der Rennbahn eher nur deswegen über sich ergehen lässt, weil es zum guten Ton gehört und sich dort die High Society trifft.

„Ich muss dich unbedingt mal mit zu meinem Rennstall nehmen, Helen. Ich sage dir, ich habe einige ganz hervorragende Jungpferde mit großem Potential in der Aufzucht."

Helen strahlt und nickt lächelnd. „Sehr gerne sogar."

Gott, wenn ich es nicht besser wüsste, würde ich sagen, sie schmachtet ihn ein bisschen an.

Meine Aufmerksamkeit wird auf die Tür zum Esszimmer gelenkt. Emma steht mit verschlossenem Gesichtsausdruck in der Tür. „Werde ich heute noch gebraucht, Jonathan?"

„Nein, Emma. Vielen Dank, es ist ja ohnehin Ihr freier Abend."

Sie schluckt und blinzelt. „Ja, richtig. Dann also, gute Nacht und ... guten Appetit."

Ich hebe eine Augenbraue und sehe ihr nach. Was ist ihr denn für eine Laus über die Leber gelaufen? Sie ist schon seit ein paar Tagen so kurz angebunden. Obwohl mein Dad sagt, dass ich mich angeblich kaum blicken lassen würde, bekomme ich doch eine Menge mit. Ich schaue fast jeden Tag nach der Arbeit bei Granny auf einen Tee vorbei.

Die grauen Augen meiner Großmutter drücken Resignation aus. Sanft schüttelt sie den Kopf, greift nach ihrem Wasserglas und wendet sich dann ab. Was ist denn hier los?

Hier geht definitiv etwas vor, von dem ich nicht weiß, ob es mir gefällt. Und mir wird eines klar: Eigentlich hat mein Vater gar keine andere Wahl, als sich als autoritäres Oberhaupt aufzuführen. In unserer Familie gibt es eine Hierarchie und das ist in Ordnung.

Ich würde mir nur wünschen, dass es im Büro anders wäre, etwas ... partnerschaftlicher. Privat hat er einen

Haufen Frauen um sich, Kinder, Angestellte, Verwandte ... Er ist der einzige Mann im Haus, wenn man vom übrigen Personal absieht. Alle wichtigen Entscheidungen gehen über seinen Tisch, weil es seiner ist und nicht unserer. Da kann man schon mal herrisch werden.

So locker wie heute Abend habe ich ihn allerdings lange nicht erlebt. Es tut richtig gut, ihn einmal so gelöst zu sehen. Er lacht und geht total im Thema Pferdesport auf. Es ist super, dass Helen sich entschlossen hat, eine Weile zu bleiben. Es wird meinem Dad guttun, sich mal nicht nur über die Arbeit und die Probleme seiner Töchter zu unterhalten. Natürlich macht es ihm Spaß, dass er in Helen jetzt jemanden an der Tafel hat, mit dem er über sein Lieblingsthema fachsimpeln kann.

Von uns Schwestern teilt keine sein Hobby ernsthaft, auch wenn jede von uns eine klassische englisch Reitausbildung genossen hat. Für mehr Liebe zu Pferden hat es bei uns jedoch nicht gereicht.

Nach dem üppigen Dessert, einem Trifle mit Kirschen, Mandelblättchen, Schokosplittern und viel Sahne, verabschiede ich mich.

Nach dem opulenten Dinner fühle ich mich, als hätte ich Steine verschluckt. Ich muss mich unbedingt ein wenig bewegen und bummele wie jeden Abend noch eine Runde um den Block.
Ich liebe meinen Stadtteil. Die French Concession besticht, wie der Name schon sagt, mit europäischem Flair und ist nicht von Hochhäusern, sondern durch nette nicht zu hohe Gebäude, Straßencafés und hier und da etwas Grün geprägt. Es liegt im historischen Stadtzentrum von

Shanghai, auf der westlichen Puxi-Seite des Huangpu-Flusses, der sich groß und breit durch die Metropole schlängelt.

Die Nacht ist lau und ich genieße es, durch die Straßen zu schlendern und etwas Luft zu schnappen, bevor ich gleich schlafen gehe. Ich bin kein sportlicher Typ, der sich jeden Tag auf einem Laufband den Stress abtrainiert, aber meine Spaziergänge helfen mir beim Abschalten. Es ist mein Entspannungsritual, bei dem ich den Tag Revue passieren lasse und über einiges nachdenke, wozu ich im Büro nicht komme. Ich sortiere dabei meine Gedanken, wie ich es sitzend am Schreibtisch nicht kann.

Ich bin etwa zwei Häuserblocks von meinem Wohnhaus entfernt, als ich mich beobachtet fühle. Selbstverständlich ist man in einer Stadt wie Shanghai nie alleine, dennoch – etwas stört mich. Ich blicke mich um, kann jedoch nichts Auffälliges entdecken. Trotzdem beschleunige ich meine Schritte. Es ist albern, ich weiß. Natürlich verfolgt mich niemand, in einer Stadt wie dieser bin ich eine von Millionen. Man lebt hier viel sicherer als in anderen Großstädten wie New York oder London. In China ist man – vor allem für Nicht-Chinesen – sehr sicher. Gewaltverbrechen werden schwer geahndet und die kommunistische Regierung sorgt außerdem dafür, dass es kaum dazu kommt. Zuverlässig. Trotz allem bin ich froh, als ich die Tür zu meiner Wohnung hinter mir schließe und aus den Loafers schlüpfe.

Ich sehe nur äußerst selten Gespenster, und im Nachhinein schäme ich mich, dass ich so überreagiert habe. Es ist geradezu lächerlich. Das ist nicht meine Art. Kopfschüttelnd stelle ich die Klimaanlage wärmer, es ist eisig in meiner Wohnung. Meine philippinische Haushälterin Mayari denkt immer, es müsste so kalt wie in einem Kühlschrank sein, wenn man schon so ein teures, leistungsstarkes Gerät hat. Ich mag es lieber europäisch lauwarm, auch wenn ich seit meinem zwölften Lebensjahr in Shanghai lebe.

„Du bist doch bescheuert, Megan", schimpfe ich mich leise, während ich meinen Blazer auf einen Bügel hänge.

Obwohl es bereits spät ist, lese ich noch ein paar Seiten, bis mir die Augen öfter zufallen, als ich sie aufhalten kann.

2

„GRANDMA. Ich habe ein paar Fragen an dich und jetzt ist es an der Zeit, dass du sie mir endlich beantwortest." Dabei blicke ich meine Granny streng an.

Sie verschluckt sich an ihrem Tee, als ihr klar wird, was ich gerade zu ihr gesagt habe. Es ist Freitagabend und außer uns ist niemand zu Hause.

„Megan! Bitte, du sprichst mit mir wie ein Feldwebel mit seinen Gefreiten."

Ich sehe schuldbewusst in meine Tasse. „Entschuldige. Trotzdem ... Warum kannst du Helen nicht leiden? Eigentlich müsstest du sie mögen, sie war die Einzige aus Mums Familie, die ... uns nicht gemieden hat."

Granny hebt eine Augenbraue und ihre faltige, dünne Haut runzelt sich auf ihrer Stirn. „Ich habe meine Gründe."

Gott, wie oft ich das gehört habe! Heute lasse ich mich nicht so einfach abspeisen. „Schön, und welche Gründe sind das?"

Sie schnappt nach Luft. „Ich wüsste nicht, was dich das angeht, Kind."

Ich kann ein Seufzen nicht unterdrücken. „Ich bin kein Kind mehr, das müsste dir aufgefallen sein."

„Bitte, jeder sieht, dass du kein Kind mehr bist. Im Gegenteil, deine biologische Uhr tickt ganz laut."

Jetzt ist es an mir, in Schnappatmung zu verfallen. Dieses Mal lasse ich mich von ihrem Ablenkungsmanöver nicht beirren. „Das ist mir längst bekannt, Granny. Du weichst mir aus. Was ist vorgefallen, dass du Helen nicht … magst?"

„Bitte, ich muss doch nicht jeden mögen, der zur Familie gehört – wenn auch angeheiratet."

„Granny!" Mein Geduldsfaden wird immer dünner, aber meine Oma ist offenbar sturer als ich. „Okay, dann lass mich raten. Du magst sie nicht, weil sie Dad mehr mag als nur als Schwägerin?"

Granny verschüttet etwas Tee über ihren Rock und starrt mich mit weit aufgerissenen Augen an. „Megan. Wühl nicht in der Vergangenheit! Das tut nichts mehr zur Sache."

Vergangenheit?

Ich muss erst mal verarbeiten, was da gerade für Bilder in meinem Kopf auftauchen.

„Du meinst, die beiden … hatten eine Affäre?" Ich sehe sie mit angehaltenem Atem an, bevor ich weiterfrage, weil sie keine Anstalten macht, mir zu antworten. „Dad hat Mum mit ihrer Schwester … betrogen?"

Gott, es würde sogar Sinn ergeben.

Oder nicht? Ich habe keine Ahnung. Ich war zu jung, um das mitzubekommen und eins und eins zusammenzählen zu können. Es klingt zu abwegig, immerhin war Dad mit ihrer Schwester verheiratet.

Nachdem wir nach Shanghai gezogen waren, haben wir sie nicht mehr so oft gesehen wie zuvor. Wir wurden in den Sommerferien ab und zu nach England geschickt … sie war selten hier. Vielleicht, weil tatsächlich etwas vorgefallen war? Möglich wäre es.

„Granny, los. Sag es mir!", beharre ich daher auf weiteren Informationen.

Sie tupft sich mit einer Serviette auf dem Schoß herum und weicht mir ganz offensichtlich aus. „Du weißt ohnehin schon viel zu viel. Ich hätte nichts sagen dürfen. Jedenfalls ist sie genauso falsch wie andere Damen hier im Haus."

Was soll das nun wieder heißen?

Die Tür geht auf und Helen kommt lächelnd in den Salon. Unsere Unterhaltung erstirbt augenblicklich.

Die hat ja ein Timing!

Granny und ich starren sie an und Helen spürt natürlich sofort, dass etwas nicht stimmt.

„Entschuldigt, ich wusste nicht, dass ich störe ..."

„Ach was", sagt Granny energisch und legt ihre Serviette beiseite. „Ich wollte sowieso gerade gehen ... Mich umziehen." Sie sieht auf den nassen Fleck auf ihrem Rock und steht auf.

Ich atme tief ein und aus. Meine Gedanken drehen sich unentwegt, bis mir fast schwindelig wird. „Helen, setz dich doch", bitte ich sie dennoch höflich. „Ich lasse uns noch ein Gedeck bringen."

Sie lächelt, während ich meiner Oma nachsehe, die den Raum schneller verlässt, als man bis drei zählen kann. „Kein Problem, lass nur, Megan. Ich erledige das", verkündet Granny und verschwindet um die Ecke.

Da habe ich eben wirklich was aufgewühlt. Meine Güte, die Dramen in dieser Familie scheinen kein Ende zu nehmen. Und sofort kommen all die Fragen zurück, die ich mir schon eine Million Mal gestellt habe. Was ist damals mit meiner Mum passiert?

Wohin ist sie verschwunden, falls sie verschwunden ist, und wo ist sie heute?

War es ein Verbrechen oder doch nicht?

Es gab nie auch nur den Hauch einer Spur, weder von ihr noch von einem Kampf noch von einem ... Mord.

Mehr als nur einmal habe ich gedacht, dass sie nach einem großen Streit möglicherweise einfach abgehauen ist. Aber würde eine Mutter so ohne Weiteres ihre fünf Kinder alleinlassen?

Es kommt auf die Mutter an, würde ich sagen. Meine Mum war eine komplizierte Person, lebte, bevor sie Familie hatte, ein Leben als erfolgreiche Schauspielerin. Der Ruhm brachte Schattenseiten mit sich und Alkohol und Drogen haben immer wieder eine Rolle gespielt, nachdem sie ihre aktive Schauspielkarriere beendet hatte. Genuss- oder Suchtmittel hat sie nur nicht angerührt, während sie schwanger war, in dieser Hinsicht war sie zum Glück konsequent. Vielleicht hatte sie nur deswegen fünf Kinder bekommen, denke ich mir oft. Ihre Art der Therapie ... Sobald die Schwangerschaften vorbei waren, ging es leider wieder los. Sie war eine liebevolle Mum, – wenn sie denn mal zu Hause und geistig anwesend war.

Man sagte, dass sie Affären hatte, die Ehe meiner Eltern war nicht einfach. Meine Mum und mein Dad waren durch eine Art Hassliebe miteinander verbunden, sie konnten nicht mit-, aber auch nicht ohne einander. Schwer für mich zu verstehen, da ich diese Realität des Ehelebens nur aus wenigen Erzählungen und verwaschenen Kindheitserinnerungen kenne. Am Ende bleiben für mich und meine Schwestern eine Menge Fragen offen.

Mein Dad hat so viel durchgemacht und spricht nicht darüber. Nie. Ich habe bis jetzt nie auch nur den Hauch eines Zweifels gehabt, dass er unschuldig ist. Im Gegenteil, ich bin felsenfest davon überzeugt, dass er mit dem Verschwinden meiner Mutter nichts zu tun hat. Trotzdem würde ich gerne wissen, was damals vorgefallen ist. Irgendetwas muss passiert sein, sonst wüssten wir, wo sie ist.

„Darf ich?", reißt mich Tante Helen aus meinen Gedanken.

„Natürlich", gebe ich hastig zurück und streiche mir durch meinen kinnlangen Bob.

„Wie geht es dir, Megan?"

Ich sehe sie an und runzele die Stirn. „Mir? Mir geht es super."

„Wirklich? Ich finde, du bist ein bisschen ... blass. Wann hast du das letzte Mal ein paar Tage freigenommen?"

Ich verziehe meinen Mund. Kein gutes Thema. „Es ist eine Weile her", antworte ich ausweichend.

„So so", meint sie und ich bin sehr froh, als Crystal endlich mit einem Teegedeck kommt und mich vor einer erneuten Rückfrage rettet. Nachdem die Köchin gegangen ist, setze ich direkt zur Gegenfrage an. „Hör mal, Helen. Es ist schön zu sehen, wie gut du dich mit meinem Dad verstehst", sage ich und beobachte sie. Sie lässt sich nichts anmerken, nippt an ihrem Tee, aber die zarte Röte ihrer Wangen verrät sie. Also ist doch schon mal etwas zwischen den beiden gelaufen. Heftig.

Ich traue mich nicht, sie offen darauf anzusprechen. Es ist mir peinlich, ich will nicht über das Liebesleben meines Vaters sprechen. Dass er und sie ... Nein, ich mag mir das nicht vorstellen. Wäre das vielleicht ein Grund, warum meine Mum uns verlassen haben könnte? Nur, wo sollte sie sein? All die Jahre ohne ein einziges Lebenszeichen? Fünf Mädchen, die sich monatelang jede Nacht die Augen ausgeweint haben, weil sie ihre Mutter vermisst haben?

„Sag mal, was denkst du eigentlich? Wegen dem Verschwinden von Mum, meine ich", schieße ich ins Blaue hinein, um nicht weiter über ihre vermeintliche Affäre mit meinem Dad reden zu müssen.

Helen schluckt schwer und lässt die Tasse geräuschvoll sinken. „Megan, das ist ja ein Themenwechsel. Mein Gott!"

„Ich weiß, aber ... es beschäftigt mich. Immer noch. Wir konnten sie nie beerdigen, wir wissen nichts. Dad redet nicht mit uns darüber und Granny, na ja, du kennst sie ja."

Helen nickt wissend. „Ja, es ist schwierig."
„Und? Was denkst du? Hat sie uns verlassen?"

„Ach, Liebes. Keine Ahnung, lassen wir die Dinge ruhen. Es ist so lange her."

„Ich kann es nicht ruhen lassen. Es ist doch meine Mum! Was ist damals bloß passiert?"

„Leider wissen wir nur das, was allgemein bekannt war. Sie haben sich auf einer Party gestritten, sind gemeinsam gegangen und zusammen in eurem Haus bei Bath angekommen, und am nächsten Morgen war sie verschwunden."

„Das ist nicht neu, es stand ja hinlänglich in jedem Artikel. Was weißt du sonst? Was vermutest du? Glaubst du ... sie hat uns im Stich gelassen und lebt vielleicht irgendwo? Ist es das? Weißt du es?" Ich habe Helen meine Hand auf ihren Oberschenkel gelegt und drücke so fest, dass sie sicher einen blauen Fleck bekommen wird. Sofort lockere ich meinen Griff, als ich es realisiere.

„Nein, Liebes. Das kann ich nicht glauben, nicht so jedenfalls. Sie würde sich nie von euch fernhalten können, wenn sie noch am Leben wäre." Sie schüttelt den Kopf. „Aber es ging ihr nicht gut. Sie hatte Probleme, Megan. In dieser Nacht, berichtete Jonathan, habe sie nicht nur getrunken. Sie hat auch andere chemische Substanzen zu sich genommen."

„Drogen. Sag es ruhig!"

„Ja", sie nickt traurig. „Mindestens Kokain, möglicherweise noch etwas anderes, aber Kokain ist das, wovon Jonathan wusste."

„Das hat er mir nie erzählt", brumme ich leise.

„Das ist keine Sache, die man mit einem Kind bespricht."

Eine Träne rollt über meine Wange. Auch wenn sie keine perfekte Mum gewesen ist, sie hat uns geliebt, auf ihre Art. und ich vermisse sie. Jeden Tag. Helen drückt meine Hand. „Es tut mir leid. Es tut mir so leid."

„Was ist dann passiert? Wieso fehlt jede Spur von ihr?"

Helen zuckt mit den Schultern. „Es gab viele Theorien dazu ..."

„Und an welche glaubst du?", hake ich nach.

„Vielleicht ist es besser, das Thema endlich ruhen zu lassen."

„Das kann ich einfach nicht. Ich muss mehr wissen. Wir alle müssen mehr wissen. Also, verrate mir, was du denkst, du weißt doch mehr, als du sagst."

„Ich war zu der Zeit nicht bei euch, falls du das meinst. Ich weiß, es gab einen Platz, den hat sie oft besucht, wenn ... es bei euch Streit gab. Wenn sie sich mit Jonathan gestritten hat. Sie führten eine sehr destruktive Beziehung, Liebes. Deine Mum war nicht immer einfach, sie konnte sehr eifersüchtig sein, zu eifersüchtig in vielen Fällen." Ihr Tonfall ist sanft und einfühlsam.

„Das weiß ich. Weiter. Was noch? Welchen Ort meinst du?", meine Stimme überschlägt sich.

„Es gab eine Stelle, oben auf den Klippen, die mochte sie. Sie sagte, an diesem Ort fände sie Frieden. Sie hat mich einmal mitgenommen."

„Ich kenne die Stelle, sie war ein paar Mal mit mir dort." Erinnerungsfetzen tauchen in meinem Kopf auf.

„Der Abhang ist steil, das Meer dunkel und tief."

„Du denkst, jemand hat sie gestoßen? Und sie ist ertrunken? Aber wo ist ihr Körper?"

O Gott, alleine der Gedanke daran lässt mein Blut gefrieren. Nein, das ist so grausam. Niemand würde so etwas Schreckliches tun. Schon gar nicht mein Vater.

„Gestoßen? Nein. Himmel! Wer sollte so was tun?"

„Was dann?"

„Sie könnte gesprungen sein. Glaub mir, sie hatte manchmal ... depressive Phasen."

„Selbstmord? Im Rausch? Wieso gibt es keinen Abschiedsbrief? Kein Mensch bringt sich um, ohne sich von seinen Kindern zu verabschieden." Ich schreie, mein Puls rast. Das kann ich einfach nicht glauben. Meine Mum war nicht selbstmordgefährdet!

Helen knetet ihre Hände im Schoß. „Ich weiß es nicht, etwas anderes kann ich mir nicht vorstellen, es hätte Spuren geben müssen, wenn es einen Kampf gegeben hätte. Ein Verbrechen würde ich ausschließen. Nur die Türen in der Bibliothek zum Garten hinaus waren offen. Das ist das, was das Hausmädchen ausgesagt hat. Als sie morgens um sieben ihren Dienst angetreten hatte, musste sie die Flügeltüren dort schließen."

„Das weiß ich, aber ... nein, meine Mum würde sich doch nicht das Leben nehmen! Sie hatte fünf Kinder! Wir waren noch so klein."

Heiße Tränen laufen über mein Gesicht. Helen steht auf und nimmt mich in den Arm. „Es tut weh, alte Wunden aufzureißen, Liebes. Es tut mir leid."

„Die Wunden sind nie verheilt, Helen. Nie. Sie fehlt uns jeden Tag."

„Für dich war es besonders schwer, als Älteste. Du warst, seit sie fort war, immer ein so ernstes, pflichtbewusstes Mädchen. Es muss hart gewesen sein."

„Es war für uns alle nicht leicht."

Sie streicht mir über den Rücken und ich schließe die Augen einen Moment. „Es ist schon okay."

Es ist mir unangenehm, emotional und verletzlich vor ihr zu sein. Sie ist zwar meine Tante, aber wir hatten nie so ein inniges Verhältnis, dass ich mich an ihrer Schulter ausweinen würde. Überhaupt, ich weine eigentlich nicht gerne. Ich hasse es, Schwächen zu zeigen.

„Ich glaube, ich muss gehen", sage ich und blinzele, bis ich wieder klar sehen kann.

Helen schaut mich traurig an. Ihr Mitleid ist echt, das weiß ich. Sie würde nie ihre Schwester hintergehen, um mit ihrem Schwager etwas anzufangen. Oder war sie der Grund, warum Mum nicht mehr leben wollte? Ich verstehe es einfach nicht. Es sind zu viele Fragen, die durch meinen Kopf schwirren, und nach diesem Gespräch bin ich kein bisschen schlauer als zuvor.

„Du solltest mal ein paar Tage Urlaub machen, Liebes. Du wirkst völlig erschöpft."

„Ja, vielleicht. Bald. Also, ich muss los, Helen. Es tut mir leid, dass ich dich mit den alten Fragen gelöchert habe. Ich weiß, für dich ist es auch nicht leicht. Immerhin war sie deine Schwester."

„Ja. Das war sie", gibt Helen leise zurück und trinkt von ihrem Tee. „Wir hatten leider auch gelegentliche Differenzen."

3

NACHDEM ICH MIT ASHLEY UND KATE telefoniert habe, fühle ich mich etwas besser. Die beiden wissen ebenso wenig wie ich, was sie denken sollen. Virginia halten wir meist aus den Gesprächen über Mum raus, sie ist die Jüngste und sie war damals noch so klein. Sie kann sich nicht mal an sie erinnern, obwohl sie ihr von uns allen am ähnlichsten sieht.

Ashley hält nichts von der Selbstmord-Theorie, Kate ist unsicher.

Mich interessiert, was Tessa dazu zu sagen hat, also wähle ich ihre Nummer. Ich habe keine Ahnung, in welcher Zeitzone sie sich aktuell herumtreibt, es ist mir momentan auch herzlich egal. Wenn es nicht passt, hat sie ihr Telefon sicher auf lautlos gestellt.

Sie antwortet nicht, deshalb lasse ich es gut sein und setze meinen Weg auf meiner abendlichen Runde fort. Ich bin gerade wieder an der Ecke angekommen, bei der ich gestern so dämlich paranoid reagiert habe, als ich Schritte hinter mir höre. Heute werde ich nicht so dumm sein und mich von meiner eigenen Phantasie antreiben lassen. Ich gehe stur geradeaus, auch wenn das Bedürfnis mich umzudrehen groß ist.

In diesem Moment greift mich jemand von hinten, ich will schreien, aber die Person legt mir die Hand auf den Mund und erstickt jeden Laut. Ich atme den Geruch der Haut ein, die auf mir liegt, sie riecht sauber und frisch und fühlt sich trocken an. Zur gleichen Zeit werde ich zu einem schwarzen SUV gezerrt und auf die Rücksitzbank gedrückt. Ich sehe, dass die Person – dem Körperbau nach zu urteilen ein Mann – eine schwarze Maske trägt.

Alles geht so schnell, dass ich kaum weiß, wie mir geschieht. Ich versuche, um mich zu schlagen, aber er packt mich und bindet mir die Handgelenke auf dem Rücken zusammen. Ich werde angeschnallt und auch meine Fußgelenke werden hastig zusammengeklebt. Dann stülpt er mir eine dunkle Stoffhaube über den Kopf. Ich habe mich, so gut es geht, gewehrt, aber dieser Typ scheint übermenschliche Kräfte zu besitzen.

Ich lache hysterisch auf, wer auch immer sich diesen Scherz mit mir erlaubt, weiß nicht, dass ich nicht auf solche Witze anspringe.

Ich höre, dass er mit dem Klebeband hantiert. Wird er mir einen dicken Streifen davon über den Mund kleben? Ich hoffe nicht. Wieso kommt mir niemand zur Hilfe? Wo sind alle Leute, wenn man mal jemanden braucht?

„Hey, es ist alles okay", vernehme ich eine dunkle, sehr ruhige Stimme. „Ich tu dir nicht weh. Geht es, sitzt du bequem?"

Ich bin völlig perplex, mein rasender Puls und mein schneller Atem lassen mich nicht klar denken. Hat er eben wirklich gefragt, ob alles okay ist? Seltsamerweise beruhige ich mich ein wenig und atme wieder gleichmäßiger.

In diesem Moment greifen zwei starke Hände nach mir und rücken mich auf der Rückbank zurecht, bis ich etwas weniger eingezurrt dasitze.

„So ist es besser", sagt er dicht neben meinem Ohr. Ich bin zwar nach wie vor gefesselt, bekomme glücklicherweise aber genug Luft und fühle mich absurderweise sicher. Ich verstehe es selbst nicht, trotz allem glaube ich ihm, dass er mir nicht wehtun wird.

„Das Klebeband ist nur, dass du nicht davonläufst und uns womöglich damit beide in Gefahr bringst", ergänzt er und mir fällt auf, dass ich seinen Akzent kenne.

Sowieso kommt mir diese Aktion spanisch vor. Noch bevor ich etwas erwidern kann, wird die Tür zugeknallt. Er steigt vorne ein und fährt gemächlich los, als hätte er alle Zeit der Welt. Vermutlich tut er das, um kein Aufsehen zu erregen. Ich fürchte, ich muss mich gleich übergeben. Die Aufregung ist ein bisschen viel für mich.

Was soll das hier eigentlich? Es kann sich nur um einen schlechten Scherz handeln, aber langsam wird es mir zu bunt.

„Hey! Wer sind Sie, lassen Sie mich sofort raus!", fordere ich. Wenn mich jemand auf den Arm nehmen will, dann habe ich genau jetzt genug davon.

Keine Antwort. Mein Herz hämmert hart gegen meinen Brustkorb, ich atme immer noch zu schnell, jetzt allerdings vor Wut. Wer auch immer mich hier von der Straße verschleppt, wird von mir bald was zu hören bekommen. Wer von meinen Freunden würde sich so einen unangebrachten Schwachsinn erlauben?

Mir fällt ad hoc kein Einziger ein. Ich weiß es nicht. Meine Gedanken überschlagen sich und es irritiert mich zunehmend, dass ich nichts sehen kann.

„Hallo! Was wollen Sie von mir? Das hier muss ein Missverständnis sein!"

Er reagiert nach wie vor nicht, beinahe so, als ob er taub wäre. Als wir das nächste Mal anhalten, vermutlich an einer Ampel, schreie ich aus vollem Halse. Ganz bestimmt stehen Leute dort, die mir helfen können. Ich habe nämlich nicht vor, noch weiter verschnürt wie ein Paket durch Shanghai kutschiert zu werden.

Nichts passiert. Falls Leute draußen sind, bemerken sie mich nicht. Niemand öffnet die Autotür und rettet mich aus dieser misslichen Lage. Ich erinnere mich, dass die Scheiben rundherum verdunkelt waren, bevor er mich hinten festgeschnallt hat. Der Straßenlärm übertönt meine Rufe offenbar. Das gibt es doch nicht!

„Es ist schon okay, versuch dich zu entspannen", dringt seine Stimme von vorne an mein Ohr.

Der Fahrer – mein Entführer – wirkt so ruhig und gelassen auf mich, dass ich mich irgendwann hängen lasse. Eventuell versteht er ja auch nicht, was ich sage? Englisch ist nicht seine Muttersprache und der Akzent kam mir ja vorhin schon bekannt vor. Ich müsste mehr hören, um sicher zu sein, nur, der Kerl denkt gar nicht daran, mir diesen Gefallen zu tun.

Bin ich vielleicht ein Zufallsopfer? Wieso gerade ich? Hat er mich gestern schon beobachtet? Oder länger? Für wen arbeitet er? Eine Organisation, die mit Menschen handelt? Das sind alles mögliche Szenarien, das glaube ich seltsamerweise aber nicht. Wenn er wirklich Böses im Sinn hätte, würde er mich dann fragen, ob ich bequem sitze?

Nein, eher nicht. Das heißt im Gegenzug jedoch nicht, dass ich mich so einfach mit meiner Situation abfinden werde.

Mit aller Kraft versuche ich deshalb, noch einmal auf mich aufmerksam zu machen, was nicht leicht ist, da ich keine Ahnung habe, ob draußen überhaupt jemand ist. Niemand kommt mir zur Hilfe.

Wer könnte so einen schrägen Humor haben, dass er mir so einen üblen Streich spielt? Oder ist es doch eine echte Entführung? Ich muss wieder an Mum denken. Ist es das, was meine Mutter erlebt hat? O Gott, es dreht sich alles in meinen Gedanken.

Der eigentliche Punkt ist vielmehr: Was will er von mir? Kurz schießen mir Schreckensbilder durch den Kopf, die ich gleich darauf wieder verdränge, als ich die dunkle, beinahe hypnotisierende Stimme erneut vernehme. „Wir werden noch eine Weile fahren, ich hoffe, es geht so für dich, Megan?"

Megan.

Er kennt also meinen Namen.

„Was ist das für ein bescheuerter Mist hier? Ich will sofort raus."

„Das geht leider nicht."

Ich schleudere ihm eine Million Fragen entgegen, keine davon wird mir beantwortet. Klar ist nun allerdings, dass er weiß, wer ich bin. Was leider nicht auf Gegenseitigkeit beruht. Dennoch bin ich absolut sicher, dass ich nicht in Todesgefahr bin. Oder ich hoffe es zumindest. Meine Atmung hat sich mittlerweile beruhigt, mein Herzschlag ist beinahe wieder normal. Mir bleibt wohl nichts übrig, als zu warten, bis wir anhalten und mein „Entführer" sich mir zeigt.

Während wir schweigend weiterfahren, überlege ich, woher ich seine dunkle Stimme kenne.

Dass Englisch nicht seine Muttersprache ist, habe ich ja schon vorhin bemerkt. Er redet mit leichtem Akzent, vermutlich asiatisch, was in Shanghai naheliegend ist. Sie erinnert mich an jemanden, mir fällt einfach nicht ein, an wen. Ich muss mehr von ihm hören, um darauf zu kommen.

Asiate, ja. Aber ein Chinese würde es nie riskieren, eine Europäerin zu entführen. Wenn er geschnappt würde, würde er zum Tode verurteilt. Oder er handelt womöglich doch im Auftrag? Mit der chinesischen Mafia, den Triaden, haben wir nichts am Hut und das spricht auch gegen meine Theorie, dass ich den Kerl kenne.

„Soll das hier ein Scherz sein? Wenn ja, ist es ein ziemlich übler. Lassen Sie mich einfach gehen! Noch ist ja nichts passiert. Ich werde Sie nicht anzeigen, lassen Sie mich einfach frei, dann wird alles gut. Bei so einem Quatsch verstehe ich nämlich keinen Spaß!"

„Das hier ist ganz sicher kein Spaß", sagt er mit beinahe sanfter Stimme, die einen Schauer über meinen Rücken rieseln lässt. Aber nicht nur vor Angst. Irritierend.

„Lassen Sie mich endlich raus." Ich klinge leider nicht ganz so sicher, wie ich es gerne hätte. Letzte Zweifel, ob er nicht doch gefährlich sein könnte, sind geblieben.

„Nein", gibt er kurz angebunden zurück.

Für den Moment lasse ich es bleiben, ich brauche eine Pause. Anscheinend kann ich ohnehin nichts gegen ihn ausrichten und irgendwann wird er schon anhalten. Spätestens wenn der Tank leer ist. Nach einer Weile stoppen wir seltener, der Verkehr wird regelmäßiger, was heißt, dass keine störenden Ampeln mehr auf dem Weg sind. Ich habe das Gefühl für Raum und Zeit bereits verloren, nachdem er mich eines wichtigen Sinnes beraubt hat. Ich bin mir ziemlich sicher, dass er mich aus Shanghai herausbringt, auch ohne es mit meinen eigenen Augen wahrnehmen zu können. Für alles andere sind wir schon zu lange unterwegs.

„Wo bringen Sie mich hin?", wage ich, noch einmal zu fragen. Der Witzbold denkt gar nicht daran, mir zu antworten. Wer auch immer mich so verarscht, wird mich wirklich kennenlernen.

Schweigen. Außer dem Surren des Motors höre ich nichts. Er antwortet mir nicht. Gut, nur der dümmste Entführer würde seinem Opfer mitteilen, wo er es hinbringt, es sei denn, es wäre von vornherein klar, dass er es umbringen würde. Da ich nicht an diese Theorie glaube, versuche ich, mich ein bisschen zu beruhigen. Ich bin gespannt, was oder wer hinter dieser bescheuerten Aktion steckt.

Wenn die Fahrt noch ewig dauert, komme ich echt spät nach Hause. Andererseits, wenn es ein Scherz wäre, würde ich längst nicht mehr hier auf der Rücksitzbank verschnürt sein. Also doch richtig entführt? Gibt es halbe Entführungen?

Falls es kein Witz ist, dürfte der Schock meine Familie schwer treffen.

Was werden sie denken? Wann werden sie es bemerken? Es tut mir so leid, dass sie das alles noch einmal durchmachen müssen, dass jemand spurlos verschwindet. Das kann nicht sein. Es ist nicht fair! Wut steigt in mir auf und ich zerre ich an meinen Fesseln. Leider gelingt es mir nicht, mich zu befreien.

Was zur Hölle will der Mann von mir? Die Sache war geplant, das ist eindeutig. Er wusste genau, wen er sich in den SUV gezogen hat.

„Woher wissen Sie, wer ich bin?", wiederhole ich mich. „Und was soll das?"

Er lacht dunkel und erneut kriecht eine Gänsehaut über meinen Körper. Eine Antwort bleibt er mir allerdings weiterhin schuldig, wobei nach seiner Reaktion klar ist, dass er weiß, wer ich bin. Megan Prescott, Tochter eines milliardenschweren Unternehmers. Will er Geld von meinem Dad erpressen? Oder worum geht es hier, verdammt! Dass mir der Kerl keine meiner Fragen beantwortet, nervt mich mit jeder Minute mehr.

4

NACH EINER EWIGKEIT, die Fahrt verlief weiter schweigend, hält er den Wagen an und stellt den Motor ab. Meine Blase drückt mittlerweile sehr, und es muss mitten in der Nacht sein. Ich schätze, dass wir mehrere Stunden unterwegs gewesen sind.

Das alles ... klingt nicht gut. Mit jedem Kilometer, den wir hinter uns gelassen haben, bin ich genervter wegen dieser Aktion. Ich könnte längst im Bett liegen und an meinen übervollen Schreibtisch darf ich gar nicht erst denken. Mein Herzschlag beschleunigt sich, als ich höre, wie er aussteigt und die Fahrertür zuschlägt. Wird er mich jetzt alleine hier zurücklassen? Soll ich hier schlafen? Das wäre eine Frechheit.

In diesem Moment wird die Autotür neben mir geöffnet. Ein kühler Windhauch weht in den Fond des Wagens und lässt mich frösteln. Die Brise ist frisch und ich kann nicht anders, als tief durchzuatmen. Sauber und klar, eine Wohltat nach der stickigen Luft in Shanghai.

„Komm", erklingt die samtige Stimme neben mir und ich spüre, wie er den Sicherheitsgurt löst und mir aus dem SUV hilft. Meine Glieder sind steif und tun mir weh. Ich unterdrücke ein Stöhnen, weil ich nicht möchte, dass er sieht, wie es mir geht. Ich werde keine Schwäche zeigen, egal wer mich gegen meinen Willen aus Shanghai entführt hat.

Völlig überraschend zieht er mir die Haube vom Kopf. Ich muss blinzeln, aber da es dunkel um uns ist, gewöhne ich mich schnell an die neuen Lichtverhältnisse.

Mein Entführer steht vor mir und ich muss zu ihm aufsehen. Er ist ein ganzes Stück größer als ich, sicher über eins fünfundachtzig. Ich nehme mir vor, mir alles genau einzuprägen, falls ich ihn nachher für die Polizei beschreiben muss. Sein Gesicht ist von der Sturmhaube verdeckt, nur zwei Gucklöcher sind ausgespart.

Aus den beiden Löchern sehen mich zwei dunkle, fast schwarz wirkende, mandelförmige Augen durchdringend an. Auch die habe ich schon mal gesehen, ich erinnere mich leider nicht, wo. Gleichzeitig erschaudere ich unter der Intensität seines Ausdrucks.

Also tatsächlich ein Asiate. Erleichterung macht sich in mir breit, als ich erkenne, dass mir kein Hass entgegenschlägt. Vielmehr ist es Wachsamkeit und etwas anderes, das ich nicht wirklich deuten kann. Ich weiche seinem Blick dennoch aus, weil ich mich plötzlich sehr verletzlich fühle. Meine Hände sind mir nach wie vor auf dem Rücken zusammengebunden, das irritiert mich.

Als ob er meine Gedanken lesen könnte, geht er vor mir auf die Knie und löst das Klebeband um meine Knöchel. Er geht behutsam vor, versucht, das silberfarbene Band um meine Fessel sanft von mir zu entfernen. Als es ihm nicht gelingt, verliert er die Geduld. Mit einem kraftvollen Ruck reißt er es ab und ich stöhne auf.

„Es tut mir leid", entschuldigt er sich halbherzig. Es fühlt sich an, als hätte er mir die Haut bei lebendigem Leibe vom Körper gezogen, aber ich gebe keinen weiteren Schmerzenslaut von mir.

Er wirkt kräftiger, durchtrainierter, als ich im ersten Moment gedacht habe.

Sogar durch die Lagen seiner Kleidung kann ich erkennen, dass er drahtig und athletisch ist. Allein deswegen würde ich ihn für nicht besonders alt schätzen. Sicher nicht über fünfunddreißig.

Als der Schmerz um meine Fußgelenke langsam abklingt, hat er mich längst mit sich gezogen. Allerdings viel sanfter, als man es mit einem Entführungsopfer tun würde. Seine Hand umfasst meine und die Wärme seiner Haut überträgt sich auf mich.

Erst jetzt nehme ich meine Umgebung wahr. Es ist deutlich kühler hier, als es in einer Nacht in Shanghai zu dieser Jahreszeit sein würde. Das Haus, das vor uns im Mondlicht auftaucht, ist aus Stein gebaut. Es ist recht groß für eine alleinstehende Villa mitten in einem Bambuswald. Soweit ich es beurteilen kann, ist es bereits einige Jahrzehnte alt, an einigen Stellen sieht es renovierungsbedürftig aus, als ob dauerhaft niemand mehr dort wohnen und sich darum kümmern würde.

Neben der Eingangstür brennt ein Licht, was dem verlassenen Eindruck widerspricht. Da ich mich noch immer wackelig auf den Beinen fühle, stolpere ich ihm mehr hinterher, als dass ich vernünftig laufe. Ihn scheint es nicht zu interessieren, seinen Schritt verlangsamt er jedenfalls nicht. Die Haustür ist nicht verschlossen, er drückt die Klinke nach unten und spaziert hinein, betätigt den Lichtschalter und schiebt mich vor sich her. Dann schließt er die Tür hinter mir und ... sperrt ab.

Na toll. Aber gut, er hat bis hierhin alles durchdacht, er wird mich garantiert nicht einfach davonlaufen lassen.

Wohin sollte ich auch gehen, ich habe keine Ahnung, wo ich bin. So viele Worte und Sätze mir im Auto noch durch den Kopf gegangen sind, so leer sind meine Gedanken jetzt. Nichts fällt mir mehr ein, ich bin mit der Situation total überfordert, weil ich immer noch nicht weiß, was hier los ist. Meine Handtasche muss noch im Auto liegen. Darin befindet sich mein Handy. Damit könnte ich mir zwar nicht einfach ein Taxi rufen, aber ich könnte nach meinem Fahrer schicken, der mich hier schnellstmöglich wieder abholen würde, sobald diese alberne Scharade beendet ist.

„Setz dich", fordert er mich auf und bugsiert mich zu einem der beiden Sitzmöbel, die vor einem riesigen Kamin stehen. So würde ich mir eine offene Feuerstelle aus dem Mittelalter denken, runde Steine in verschiedenen Größen sind gemauert und die Oberfläche ist nicht glatt, sondern man kann die Umrisse jedes Steines sehen und sicher auch fühlen.

Ich sehe mich genauer im Erdgeschoss um. Die Decken sind aus Holz und dicke Balken verlaufen quer von einer Seite zur anderen. Sechs Holzsäulen stützen das Ganze. Nicht unbedingt die fortschrittlichste Bauweise, aber es wirkt stabil. Das dunkle Braun ist gleichermaßen erdrückend wie massiv. Außerdem ist es sehr kalt, der Boden aus grauem Beton fühlt sich eisig unter den dünnen Sohlen meiner flachen Ballerinas an.

Links steht ein riesengroßer Esstisch, ebenfalls aus dunklem Holz mit sechs Stühlen, die so unbequem aussehen, wie sie vermutlich sind. Dahinter versteckt sich – im krassen Kontrast zur sonstigen veralteten Einrichtung – eine moderne Küchenzeile mit einer einzelnen

Gasflamme, wie es in China üblich ist. Die Schränke sind weiß und stechen inmitten all der bedrückenden Farben blendend hervor.

Er drückt mich sanft aber bestimmt in einen der beiden Korbstühle vor dem Kamin. Es ist sehr unangenehm, mit auf dem Rücken zusammengeklebten Händen zu sitzen. Meinem Entführer scheint es egal zu sein. Er beginnt damit, ein Feuer zu machen, und ich bin froh, dass ich bald wenigstens nicht mehr frieren muss.

Ein schwacher Trost, aber immerhin etwas. Rechts neben der Feuerstelle befindet sich eine Bar. Typisch Sechziger, schießt es mir durch den Kopf. Der U-förmige Holztresen ist – nicht länger überraschend – in dunklem Holz gehalten, dazu gehören vier Barhocker. Über dem glänzenden Tresen hängen in gleichmäßigen Abständen Lampen. Im Regal stehen diverse Alkoholika. Die Flaschen wirken verstaubt und alt, ich weiß nicht, ob ich davon einen Tropfen anrühren würde. Insgesamt kommt es mir vor, als hätte in diesem Haus seit Jahren niemand gelebt.

Ein Partyhengst scheint mein Entführer nicht zu sein. Ich verziehe mein Gesicht zu einer Grimasse. Den Galgenhumor kann mir keiner nehmen.

Nachdem ich meine Bestandsaufnahme abgeschlossen habe, während der in schwarz gekleidete Mann immer noch mit den Holzscheiten beschäftigt ist, fasse ich kurz meine Lage zusammen: Ich bin verschleppt worden. Es wirkt geplant und durchdacht. Wir sind mehrere Stunden mit dem Auto unterwegs gewesen und ich befinde mich jetzt in einer Villa, vermutlich aus den Sechzigern, mitten in einem Bambuswald. Ich bin nicht länger an den

Füßen gefesselt. Er scheint also keine Angst zu haben, dass ich weglaufen könnte.

Irgendeinen Sinn muss diese bescheuerte Aktion für ihn machen, auch wenn sich mir noch nicht erschließt, welcher das sein könnte. Wo zur Hölle bin ich genau gelandet? Das Klima ist viel kühler als in Shanghai, Bambuswald, eine alte, verlassene Villa. Ein Geistesblitz durchzuckt meine Gedanken.

„Moganshan", flüstere ich. Der Typ reißt seinen Kopf hoch und erstarrt mitten in seiner Bewegung. Kleine Flammen züngeln sich mittlerweile um die Klötze, die er im Kamin aufgereiht hat.

„Was hast du gesagt?" Sein Tonfall klingt alarmiert.

Ich antworte nichts, blicke an ihm vorbei. Mein Mund ist wie ausgetrocknet, meine Blase drückt, ich bin völlig erschöpft und meine Muskeln sind verkrampft. Ich kann nicht mehr und ich will auch nicht mehr.

„Hören Sie, es war bis hierhin echt lustig. Total überraschend und so …. Aber jetzt ist langsam mal gut. Wer hat sich hier einen tollen Scherz mit mir überlegt? Ist es Ashley, die mich zu einem Trip zwingt und gleich hier mit einer Horde feierwütiger Hottys auftaucht?"

Zutrauen würde ich es ihr ja. Nur Ashley könnte eine so absurde Szenerie tatsächlich planen. Letztens hat sie mir gedroht, dass sie mich zu meinem Geburtstag entführen würde. Aber der ist erst im April, da hätte sie sich ganz schön vertan.

„Wir reden später", verkündet er herrisch und wendet sich dann wieder dem Feuer zu. Ich habe echt keine Lust mehr, länger hierzubleiben, aber leider habe ich bei meiner Bestandsaufnahme nirgends ein Telefon entdecken können. Einen Internetanschluss wird es hier vermutlich auch nicht geben, wenn nicht mal eine Zentralheizung existiert.

Das erhöht nicht gerade meine Chancen, mich selbst um meine Abholung kümmern zu können. Wenn ich doch nur an mein Smartphone kommen könnte.

Ich muss irgendwie seine Autoschlüssel in die Finger bekommen. Das Haus kann ich dann vielleicht durchs Fenster verlassen. Ich sehe mich noch einmal um. Zu meiner Enttäuschung fällt mir auf, dass sie von außen vergittert sind.

„Scheiße", murmele ich.

„Willst du Wasser?", fragt er mich beinahe gleichzeitig. „Und jetzt hör auf, dich hier nach Fluchtmöglichkeiten umzusehen. Du kommst schon wieder nach Hause, aber nicht heute."

Ich bin perplex, weil er zwar sanft, aber dennoch sehr bestimmt mit mir spricht.

„Und was soll das hier werden?", gebe ich genervt zurück.

„Willst du das Wasser nun oder nicht."

Er beugt sich zu mir und löst meine Hände. Dann hält er mir die Flasche vor die Nase.

Ohne zu antworten, greife ich danach. Dieser Idiot. Ich spare mir einen bockigen Kommentar. Solange nicht genau klar ist, was hier läuft, kann ich mich nicht benehmen, wie ich will. Gierig drehe ich am Schraubverschluss der Plastikflasche und setze zum Trinken an. Nachdem ich den ersten Durst gestillt habe, steht er weiter vor mir, als müsste er mich persönlich bewachen.

Ich muss meinen Kopf in den Nacken legen, um ihn direkt ansehen zu können. „Warum hast du mich entführt?", versuche ich es noch einmal. Ich habe mich dazu entschlossen, nicht weiter förmlich mit ihm umzugehen, er macht sich schließlich auch nicht die Mühe.

Er zuckt mit den Schultern und seine dunklen Augen wirken kalt und emotionslos. Sie sind mandelförmig, definitiv nicht westlich, aber trotzdem größer, als die der Chinesen. Außerdem hat er auf einer anderen Sprache in seine Sturmhaube geflucht.

„Geld", antwortet er jetzt und verschränkt die Arme vor seiner breiten Brust.

„Was?", stammele ich ungläubig. „Deswegen all das?"

Ich mustere ihn. Er kennt mich. Ich kenne ihn, ich komme nur nicht darauf, wer er ist. Ich müsste diese bescheuerte Haube von seinem Gesicht ziehen, um es genau sagen zu können.

Er zögert, scheint zu überlegen, ob er meine Frage beantworten soll.

„Jeder weiß, wer du bist", blafft er mich an. „Es war nicht schwer herauszufinden, dass bei euch was zu holen ist."

Das klingt nicht überzeugend. Ich folge einer Eingebung und presche noch ein Stück weiter vor: „Du bist kein Chinese", provoziere ich ihn und schaue ihn direkt an.

Mein Gegenüber sieht mich mit zusammengekniffenen Augen an, und mein Magen macht eine nervöse Umdrehung. „Halt doch einfach die Klappe!", fährt er mich an. Er atmet geräuschvoll aus. „Entschuldige. Ich wollte nicht … Ach, verdammt!"

„Was soll das jetzt hier werden?", wage ich noch einmal einen Vorstoß.

„Du sollst vor allem aufhören, so blöde Fragen zu stellen!" Ohne ein weiteres Wort bringt er mich auf einer engen Treppe nach oben. Dass da oben noch Partygäste warten und ich gleich mit einem „Überraschung!" begrüßt werde, glaube ich irgendwie nicht mehr. Dass mein Entführer ein eiskalter Krimineller ist, kaufe ich ihm allerdings auch nicht ab.

Im oberen Geschoss gibt es drei Türen. Wir gehen auf die gerade vor uns zu. Er macht auf und schiebt mich in das Zimmer, dreht den antiquierten Lichtschalter und wartet.

Das einnehmendste Möbelstück ist ein Doppelbett mit weißen Laken und weißer Damast-Bettwäsche. Ich drehe mich zögerlich, jedoch mit gestrafftem Rücken zu ihm um.

„An deiner Stelle würde ich nicht versuchen zu fliehen. Der Abgrund ...", er zeigt mit einer lässigen Handbewegung auf die riesige Fensterfront, „ist ziemlich tief."

Ich muss schlucken.

„Außerdem", fährt er kühl fort, „gibt es in den Bambuswäldern einiges an Tieren, denen du lieber nicht begegnen willst."

Ich bin mir, ohne nachzufragen, sicher, dass er recht hat. Auch wenn hier keine Tiger vorkommen, so gibt es doch auf jeden Fall allerhand Getier wie Schlangen und Spinnen. Ich habe so oder so nicht vor, in der Dunkelheit durch den Wald zu streifen, bleibe ich eben eine Nacht hier.

Langsam bewege ich mich auf das Fenster zu. Ich sehe nichts außer Bäumen unter uns, so weit das Auge im Mondlicht reicht. Auf alle Fälle keine anderen Lichter, die bedeuten würden, dass noch weitere Häuser in der näheren Umgebung stehen. Es geht tief nach unten. Sehr tief. Das Haus muss auf einem Felsvorsprung gebaut worden sein.

Na wunderbar. Alcatraz in einem chinesischen Bambuswald.

Gemächlich drehe ich mich erneut zu ihm um. Er steht einfach nur da. Seine Arme hängen lässig an ihm herunter. Sein Blick ist auf mich gerichtet, als ob er auf etwas warten würde.

„Keine Sorge, ich stürze mich nicht in den Tod", sage ich, und ich höre, wie er ausatmet.

Als er einen großen Schritt in das Zimmer macht, weiche ich instinktiv zurück und stehe nun mit dem Rücken direkt am kühlen Glas. Ich habe keine Angst vor ihm, aber ich weiß auch nicht, ob ich mit meinem Gefühl nicht komplett danebenliege. Seine Aura ist einnehmend und präsent im Raum. Falls es mir bis hierhin noch nicht klar gewesen ist: Dieser Mann macht keine Scherze. Ich sollte weiterhin vorsichtig sein, auch wenn er mir noch nicht zu nahe getreten ist.

Das könnte jederzeit passieren. Genau deshalb muss ich wissen, wer er ist. Gerade als ich zu ihm gehen will, um ihm diese dämliche Sturmhaube vom Gesicht zu ziehen, wendet er sich ab und knallt die Tür, wortlos hinter mir zu und schließt ab.

Ich sitze in der Falle, wie ein Affe im Käfig. Das kann ja wohl nicht sein Ernst sein!

Ich koche innerlich, aber ein anderes, viel dringenderes Bedürfnis hält mich davon ab, schreiend gegen die Tür zu hämmern. Ich sehe mich näher um, denn der Drang meiner vollen Blase ist nicht weniger geworden. Im Gegenteil, wenn ich nicht bald eine Toilette finde …

In meinem Zimmer – ich nenne es einfach mal so, „Gefängnis" klingt so absurd – stehen vor dem Fenster zwei Stühle, die mit weißem Stoff bezogen sind, und ein kleiner Klapptisch aus hellem Holz. Neben dem Bett befindet sich eine Bambuswand und ich hoffe, dass sich dahinter das verbirgt, was ich jetzt am eiligsten brauche.

Mit wenigen, schnellen Schritten umrunde ich das es und stoße einen erleichterten Seufzer aus, als ich ein Klo, ein Waschbecken und eine weiße Badewanne hinter der Trennwand entdecke. Dem Himmel sei Dank, es ist ein westliches Modell mit Brille und kein Stehklo, wie es sonst auf dem Land in China üblich ist. Während ich mich erleichtere, überlege ich. Alles, was ich bisher gesehen habe, bestärkt mich in meiner Vermutung, in Moganshan gelandet zu sein.

Die Häuser, die hier gebaut worden sind, sind damals häufig von Europäern genutzt worden und nach der Kulturrevolution an den Staat China übergegangen. Mein Kidnapper muss es gemietet haben, denn der Staat hat sie bis heute nicht verkauft. In früheren Zeiten sind die reichen Leute im Sommer aus Shanghai nach Moganshan geflüchtet, um sich vor der feuchten Hitze Shanghais und den damit einhergehenden Krankheiten wie Typhus oder Cholera zu schützen. Seuchen wie diese konnten sich im feuchtwarmen Klima des chinesischen Klimas im Höllentempo verbreiten.

Mein Blick bleibt am Waschbecken hängen. Er hat sogar dafür gesorgt, dass ich mir zumindest die Zähne putzen kann. In einem Becher stehen eine verpackte Zahnbürste und eine Tube Zahnpasta. Daneben liegt ein Stück Seife.

Wow.

Also ist das eine Entführung de luxe, denke ich sarkastisch und verziehe mein Gesicht zu einer Grimasse. Ich habe dringendere Probleme als Karies. Eines sagt es mir allerdings: Er rechnet damit, dass ich eine Weile hierbleiben werde …

5

NACH EINER BEINAHE SCHLAFLOSEN NACHT, die in den wenigen Stunden meiner Ruhe von wirren Träumen begleitet wurde, schlage ich meine Lider auf. Ich fühle mich wie durch den Wolf gedreht. Jeder einzelne Körperteil tut mir weh, ich habe Kopfschmerzen und meine Augen brennen. Ich bin mir sicher, dass ich wie eine Vogelscheuche aussehen muss, aber das ist momentan zweitrangig, denn ich tobe innerlich vor Wut. Wer auch immer mein Entführer ist, er wird meinen Zorn zu spüren bekommen.

Es ist noch nicht ganz hell, als ich meine Beine aus dem Bett wuchte und mich zum Fenster schleppe. Einen Moment stehe ich einfach nur da und sehe hinaus. Das Panorama hier oben ist schlichtweg atemberaubend. Wohin man blickt, es gibt nur Berge und Wald.

Für mich heißt das: Ich bin auf mich alleine gestellt. Zivilisation Fehlanzeige. Kein besonders ermutigender Gedanke.

Das Knurren meines Magens durchdringt die Ruhe im Zimmer. Ob er mich wohl hungern lässt? Ich lausche in die Stille, nichts deutet darauf hin, dass jemand hier ist. Meine Familie ahnt wahrscheinlich noch nichts davon, dass ich nicht zu Hause in meinem Apartment in der French Concession liege und schlafe. Es tut mir so leid, dass sie sie sich womöglich Sorgen um mich machen müssen, nur weil ich nicht aufgepasst habe. Ich hätte an diesem Abend nicht alleine spazieren gehen sollen, so aufgelöst und unaufmerksam, wie ich war.

Bis zu diesem Tag hatte ich mich in Shanghai immer sicher gefühlt. Eine Fehleinschätzung, wie sich jetzt herausstellt.

Niedergeschlagen schlurfe ich hinter die Abtrennung aus Bambus und mache mich notdürftig frisch. Dass ich von nun an die gleiche Kleidung tragen werde, ist mir egal.

Unruhig wandere ich anschließend zur Fensterfront und lehne meine Stirn gegen das kühle Glas.

Wann er sich wohl wieder bei mir blicken lässt?

Ich denke an meine Schwestern und meinen Dad. Stelle mir vor, wie sie bald um mich bangen werden, und spüre ihre Angst und Beklemmung beinahe jetzt schon körperlich. Flashbacks meiner eigenen Kindheit ziehen vor meinem inneren Auge auf. Polizei, die unser Haus durchkämmt, Beamte, die jedes Zimmer nach Spuren absuchen und alle Angestellten und Angehörigen mehrfach verhören. Die Sorge, die meinem Dad tagein tagaus ins Gesicht geschrieben stand, und das Weinen meiner jüngeren Geschwister in den Nächten, als sie unsere Mum am schmerzlichsten vermissten. Ohne Granny und Emma hätten wir es damals nicht überstanden, da bin ich mir sicher. Aber das Empfinden des Verlustes, die Tatsache, dass wir nie Abschied nehmen konnten, ist auch heute noch so präsent, vielleicht präsenter denn je, dass ich anfange zu zittern.

Mein ganzer Körper wird geschüttelt und meine Zähne klappern aufeinander. Ich bin unfähig, mich vom Fenster wegzubewegen, will mich beruhigen und gleichmäßiger atmen, es gelingt mir leider nicht. Meine Gestalt macht nicht das, was ich will. Sie gehorcht mir nicht mehr. Ich habe das Gefühl zu ersticken, Tränen laufen über meine Wangen und ich ringe vergeblich nach Sauerstoff.

Plötzlich umfangen mich starke Arme, schütteln mich, sodass ich die Augen öffnen muss.

„Ruhig. Du musst ruhig Luft holen", höre ich eine samtige, souveräne Stimme neben mir. Sofort entspanne ich mich und spüre seine Nähe gleichzeitig überdeutlich.

Ich habe gar nicht gehört, wie er den Raum betreten hat.

„Ich … Was soll das?", krächze ich.

„Sieh mich an", fordert er mich nun bestimmter auf und – warum auch immer – ich folge seiner Anweisung und schau direkt in seine dunklen Mandelaugen. „Ich tue dir nicht weh. Verstehst du? Ich werde dich nicht verletzen oder dich anrühren."

Ich nicke.

„Und jetzt: Atme. Versuch ein- und auszuatmen. Du hast Angst, das ist unbegründet. Ich werde dich sicher zurückbringen, sobald ich das habe, was ich will."

Er hält meine Oberarme so fest umklammert, dass sich seine Finger beinahe schmerzhaft in meine Haut bohren, aber das nehme ich nur am Rande wahr.

„Ein und aus. Los. Du kannst es", fährt er fort und ich spüre, wie sich die Verkrampfung um meine Kehle langsam löst und es mir gelingt, wieder etwas mehr Sauerstoff in meine Lungen aufzunehmen. Plötzlich nimmt er die Hand von meinem Arm und wischt mir mit seinem Daumen eine Träne von der Wange.

Es ist eine zarte Berührung, die gar nicht zu dieser Situation passt. Würde mein Herz nicht ohnehin schon rasen, wäre es spätestens jetzt so weit. Mein ganzer Körper erschaudert, als mir klar wird, dass es eine sehr zärtliche Geste war, mit der er mein Gesicht getrocknet hat.

Als würde ihm jetzt selbst klarwerden, dass er zu weit gegangen ist, tritt er abrupt zurück und dreht sich von mir weg. Auf dem Weg hinaus brummt er: „Ich habe dir Essen gebracht. Es steht auf dem Tisch."

„Warte", stoße ich hervor und er hält tatsächlich in seiner Bewegung inne.

„Was ist denn noch?"

„Ich will meine Familie anrufen, dass es mir gutgeht. Und ich will endlich wissen, was das hier alles soll! Geld ist kein Problem, ich kann das alles veranlassen. Wenn du mir nur einen Internetzugang beschaffst. Sag mir einfach, wie viel du willst. Bring mich an einen anderen Ort", fahre ich fort. „Wenn ich ins Netz komme, kann ich alles erledigen. Sie müssen nichts von alledem wissen. Bitte, mein Dad wird es nicht überstehen, wenn mir etwas zustößt."

„Deine Familie", knurrt er zähneknirschend, „ist mir scheißegal! Außerdem habe ich dir gesagt, dass ich dir nichts tun werde."

Ich weiche einen Schritt zurück, als hätte er mich geschlagen. Was sagt er da? Das klingt ja fast so, als ob …

Er schüttelt den Kopf. Aber ja, ich glaube das ist es. „Du kennst mich", gebe ich atemlos von mir. „Du kennst meine Familie!"

Ich muss sein Gesicht sehen. Er muss uns *alle* persönlich kennen.

„Halt jetzt endlich die Klappe und iss. Sonst überlege ich mir, ob ich dir noch mal etwas bringe!"

Mit dieser schroffen Drohung verlässt er den Raum, schlägt die Tür hinter sich zu und schließt mich wieder ein.

Natürlich tut er das, ich hatte nichts anderes erwartet. Ich denke fieberhaft nach, wo ich diese Stimme schon mal gehört habe, ich komme einfach nicht drauf, es ist, als hätte ich ein Brett vor der Stirn.

Ich kann noch nicht eins und eins zusammenzählen. Mir ist klar, dass es jemand aus unserem Umfeld oder Bekanntenkreis sein muss, der gesehen hat, dass wir reich sind. Wir haben mit vielen Lieferanten, Angestellten und anderen Menschen zu tun, die für uns arbeiten. Es gibt Hunderte, die auf die Idee kommen könnten, mal kräftig abzuräumen.

Ich gehe unruhig in meinem Zimmer auf und ab, mein Blick fällt auf die Speisen auf dem Tablett. Eine Art Reissuppe, eingelegtes Gemüse und Fleischstückchen befinden sich darauf.

Obwohl ich Hunger haben müsste, kann ich mich nicht dazu durchringen, etwas anzurühren. Asiaten essen zum Frühstück nicht wie wir Europäer Brot und Eier, eine so vollwertige Mahlzeit wie diese ist allerdings auch keine Bauernmahlzeit.

Ich bin viel zu aufgewühlt und aufgebracht, um zu essen. Vor dem Fenster bleibe ich stehen und überblicke den Bambuswald vor mir. Ich habe schon viel über Moganshan gelesen und gehört, bin aber nie dort gewesen.

Ein Jammer, wie mir jetzt klar wird. Unter anderen Umständen könnte ich dieses einzigartige Panorama genießen. Ich verstehe, warum die Gegend früher so beliebt war und seit ein paar Jahren bei Touristen wieder schwer im Kommen ist. Aber ich bin hier nicht im Urlaub.

Mit einem Schlag bin ich zurück in meiner Realität. Ich bin eine Gefangene, wurde von einem Mann entführt, der genau weiß, dass bei uns einiges zu holen ist. Kommt er mir bekannt vor?

Ja, vielleicht.

Ich müsste sein Gesicht sehen.

Ich muss sein Gesicht sehen.

Jemanden zu entführen, ist schon eine ziemlich heftige Sache, das macht man nicht mal eben so. Es ist definitiv kein Kavaliersdelikt und wie ein Scherz kommt es mir so langsam auch nicht mehr vor. Er hat es offenbar wirklich geplant, das Haus hier oben in Moganshan, das Auto, aus dem kein Laut dringt, das Wissen, wo ich zu finden war. Das klingt durchdacht, dennoch erscheint er mir nicht abgebrüht und eiskalt, im Gegenteil.

Ich streiche über meine Wange und erinnere mich daran, wie er mit seinen Daumen meine Tränen getrocknet hat. Beinahe fürsorglich und sanft wirkte er, als ob er sich um mich Gedanken machen würde.

„Das passt alles nicht zusammen", seufze ich leise und setze mich an den Tisch. Ich will versuchen etwas zu essen, obwohl ich überhaupt keinen Appetit habe. Während ich in meiner Mahlzeit stochere, fällt mir die einzige mir bekannte Person ein, die etwas davon hätte, mich zu kidnappen.

Als in der Dämmerung das nächste Mal die Tür aufgeht, bringt mir mein Entführer wieder ein Tablett. Den ganzen Tag habe ich alleine mit meinen kreisenden Vorstellungen verbracht. Das alles auf geschätzten dreißig Quadratmetern in einer Art Rapunzelturm. Bis auf die eine Tatsache vielleicht, dass kein Prinz unterwegs ist, um mich zu retten.

„Du hast ja kaum was gegessen", stellt er emotionslos fest, als er die beiden Tabletts austauscht.

Ob er wohl schon meine Familie informiert hat? Wie hat er sich das eigentlich gedacht? Heutzutage ist ja vieles möglich, Emails können Tage vorher als Entwurf gespeichert und zu einem Wunschtermin versendet werden. Sich einen Fake-Account in einem Straßencafé anzulegen, ist auch kein Problem mehr …

„Wie lange hältst du mich hier fest?", frage ich und stehe vom Bett auf. Er darf nicht merken, dass ich einen ganz bestimmten Plan verfolge.

„Bis ich habe, was ich möchte."

Aha, so einfach ist das also. Beinahe hätte ich ihn angeschrien, was er sich einbildet. Gerade noch rechtzeitig kann ich mich bremsen.

„Was genau willst du? Ich habe dir doch gesagt, ich kann das erledigen."

„Und ich habe dir längst gesagt, dass ich Kohle will, und Internet gibt es hier nicht."

„Warum das alles?"

Er müsste doch nach seiner Aktion Geld genug haben. Er blickt mich an. Da nur seine Augen zu sehen sind, wirken sie noch viel intensiver auf mich, als es sonst der Fall sein würde. In meinem Bauch flattert etwas, das da rein gar nichts zu suchen hat. Ich muss verrückt sein! Eine andere Erklärung gibt es nicht.

Ich ärgere mich, dass ich so stark auf ihn reagiere. Dieser Gedanke verleiht mir die nötige Kraft, den erforderlichen Mut. Ehe ich es mir noch einmal anders überlegen kann, schreite ich zur Tat. Ich habe keine Wahl, ich muss wissen, ob ich recht habe.

Ohne Vorwarnung trete ich einen Schritt auf ihn zu und zerre ihm die Sturmhaube vom Gesicht. Er reißt schockiert die Augen auf, bewegt sich dabei keinen Millimeter.

„Hunter!", rufe ich leise.

Tatsächlich. Er ist es.

Als ihm bewusst wird, was eben passiert ist, verzerren sich seine Gesichtszüge. „Verdammte Scheiße", flucht er und schiebt noch ein paar koreanische Flüche seiner Muttersprache hinterher.

„Warum zur Hölle hast du das gemacht?", fahre ich ihn an. Ich bin total verwirrt ihn leibhaftig vor mir zu sehen.

Sein Verrat, schießt es mir durch den Kopf, sein Rauswurf, das Geld, das er jetzt zusätzlich einfordert. Es ergibt einfach keinen Sinn für mich. Aber ich kann auch nicht klar denken. Meine Handflächen sind nass, mein Herz schlägt schnell und meine Lippen sind geöffnet, um besser Luft zu bekommen. Obwohl ich geahnt habe, dass er es sein könnte, bringt mich sein Anblick völlig aus der Fassung.

„Du weißt, warum." Seine Stimme klingt kühl und mühsam beherrscht. Noch immer steht er stocksteif da.

Ich mustere sein mir vertrautes Gesicht und entdecke nichts als bittere Entschlossenheit darin.

„Ihr habt mir unrecht getan."

Ich lache freudlos auf. „Wir? Dir? Du irrst dich, Hunter! Ich glaube, dir ist nicht klar, dass du dich mit deiner Illoyalität selbst in diese Lage gebracht hast. Warum tust du das hier?", frage ich noch einmal ruhiger.

„Halt den Mund, Megan!"

Es ist das zweite Mal, dass er mich mit meinem Namen anspricht. Anschreit, müsste man eher sagen.

„Und jetzt willst du noch mehr Geld? Nachdem du dich von anderen gut hast bezahlen lassen für unsere Interna?"

Hunter ballt seine kräftigen Hände zu Fäusten, aber ich weiche keinen Zentimeter zurück.

„Ich kann meiner Familie nicht mehr unter die Augen treten. Meine Ehre ist besudelt."

„Was du getan hast ... daran bist nur du selbst schuld. Und eine Entführung macht es nicht besser. Im Gegenteil. Hunter, das muss dir doch klar sein. Komm endlich zur Vernunft!"

Ich gehe einen Schritt auf ihn zu, jetzt habe ich das Bedürfnis, ihn zu schütteln. Ich hebe meinen Arm, doch als ich den Ausdruck auf seinem Gesicht sehe, lasse ich ihn wieder sinken. Seine Miene ist wutverzerrt. Die Kiefer mahlen. In seinen Augen tobt ein Sturm. Ich sollte Angst haben, denn er ist stark und groß. Seltsamerweise ... bin ich völlig ruhig. Er wird mir nichts antun, ich kenne ihn.

Ich kenne ihn viel zu gut, allerdings habe ich mich schon einmal in ihm getäuscht, warnt mich eine innere

Stimme. Nein, er ist nicht dazu fähig, mich zu verletzen, da bin ich mir sicher. Ja, er hat im Kurzschluss gehandelt, aber ich glaube, wenn ich nur in Ruhe mit ihm rede, wird er einsehen, dass es falsch ist, was er getan hat.

Wir können alles regeln, ich komme frei, zurück zu meiner Familie. Wir tauschen stumme Blicke aus. Er steht wie ein Krieger vor mir, der auf einen Angriff wartet. Jederzeit bereit, sich zu verteidigen. Wie lächerlich, bin doch ich die Schwächere, ich diejenige, der Unrecht zuteilwurde.

Wieso ist mir früher nie aufgefallen, wie durchtrainiert und athletisch er ist?

Weil ich meine Kollegen nicht anstarre, sondern mich mit ihnen fachlich beschäftige und nicht ... auf dieser Ebene, lautet die Antwort. Das ist nicht ganz richtig, natürlich war mir bewusst, dass er jung, attraktiv und interessant ist, jedoch habe ich mir während der Arbeit keinen zweiten Blick gestattet.

Die Tatsache, dass wir hier auf einer völlig anderen Basis miteinander umgehen müssen, erinnert mich daran, dass ich nicht aus freiem Willen hier bin. Jetzt tut es mir leid, dass ich mit meinem Dad wegen Hunter gestritten habe, dass ich seine Meinung zu dem Thema nicht geteilt habe. Denn es ist evident: Der Koreaner, der wütend vor mir steht, ist ein Verbrecher. Das hat er nun schon zum zweiten Mal bewiesen.

Er hat die Kuh noch nicht ausreichend gemolken, er will nur mehr. Mehr Geld. Vielleicht auch mein Leben, jetzt, wo ich weiß, wer er ist. War ich mir eben noch so sicher, dass er mir nichts antut, sollten eigentlich jetzt meine inneren Alarmglocken überdeutlich schrillen.

Aber da ist nichts, außer der Frage, warum er diesen Schritt getan hat.

Wieso ist der Mann augenscheinlich so verzweifelt, dass er keinen anderen Ausweg mehr sieht, als mich zu entführen?

„Und jetzt? Was wirst du tun?", will ich von ihm wissen.

Im nächsten Moment möchte ich mich selbst ohrfeigen. Falls es ihm noch nicht klar gewesen sein sollte, dass hier etwas absolut schiefgelaufen ist, dann ist ihm spätestens jetzt bewusst, dass er mich nicht mehr so einfach gehen lassen kann.

Super, Megan. Ganz groß!

Habe ich erwartet, dass er möglicherweise wütend werden würde, dann werde ich jetzt noch einmal überrascht.

Plötzlich erlischt der Groll in seinen Augen, er lässt seine Schultern hängen und schaut zu Boden. „Das ändert nichts mehr für mich, mein Leben ist ohnehin vorbei."

Ich muss schlucken. Der Schmerz, der in seiner Stimme liegt, ist beinahe greifbar für mich. Was redet er da? Er hat all das doch aus freien Stücken getan. Niemand hat ihn dazu gezwungen.

„Wirst du ... mir etwas antun?"

Er starrt mich finster an.

„Ich ... ich kann dir das Geld besorgen, Hunter. Glaub mir."

In China ein derartiges Verbrechen zu begehen, grenzt an Selbstmord, das weiß er. Wahrscheinlich hat er es begriffen und ist deshalb so niedergeschlagen. Aber ihm bleibt ein Ausweg ... Wenn ich nie mehr auftauchen würde, wäre seine Identität sicher. Kein Mensch würde mich hier vermuten. Meine Spuren verschwinden an der Ecke vor meinem Haus. Kein Spürhund kann eine Fährte verfolgen, wenn man in ein Auto verfrachtet und so aus der Stadt gebracht wird.

Als mir klar wird, was das bedeutet, fange ich an zu zittern. Ist es das, was meiner Mutter widerfahren ist? So ein trauriges, einsames Ende?

Ein Erpresserbrief ist damals nie aufgetaucht, vielleicht ist der Erpresser nicht so weit gekommen, schießt es mir durch den Kopf. Vielleicht hat sie sich gewehrt, so wie ich.

„Ich würde dir nie wehtun", raunzt er mich an.

Hunter verlässt mein Zimmer im Stechschritt, schlägt die Tür ohne ein weiteres Wort hinter sich zu und schließt mich wieder ein.

Super. Ich sitze mal wieder in der Falle.

6

MEIN PULS RAST und meine Gedanken überschlagen sich. Unruhig laufe ich in meinem Gefängnis auf und ab. Mein Magen ist ein einziger Knoten.

Es ist geradezu lächerlich, dass Hunter mich zuerst entführt und dann hier sitzen lässt, wo wir eigentlich reden sollten.

Wütend rüttele ich an der Tür, die natürlich keinen Millimeter nachgibt. Ich keuche mittlerweile vor Anstrengung, aber es tut sich nichts. Sie ist aus massivem Holz, wie alles sonst in diesem Haus auch. Ich bin gefangen und sauer. Verdammt sauer.

Ich ärgere mich, dass ich nicht davongelaufen bin, als die Tür offenstand. Hunter ist kein Bösewicht, er ist nicht erfahren in solchen Dingen. Das hat er mir in den letzten vierundzwanzig Stunden mehr als nur einmal bewiesen.

Auf die Frage, warum er mich gekidnappt hat, habe ich immer noch keine zufriedenstellende Antwort erhalten. Seine Bitterkeit ergibt einfach keinen Sinn.

Ich erinnere mich an unser letztes Zusammentreffen im Büro. Hunter hatte wie bei jedem Gespräch beteuert, dass er nichts mit der Sache zu tun habe.

Die Beweise waren eindeutig, es gab nie Zweifel an seiner Schuld. Bereits damals habe ich mich gefragt, wie eine Person wie er so dilettantisch hatte vorgehen können, die Insider-Informationen von seinem eigenen Account zu versenden. Dafür hatte er leider auch keine Erklärung und so blieb uns nichts anderes übrig, als ihn ehrlos zu entlassen und anzuzeigen.

Bis zu dem Vorfall war die Zusammenarbeit mit ihm immer angenehm und professionell gewesen. Bis er diese bescheuerte Aktion durchgezogen und Interna an unsere Konkurrenten weitergegeben hat.

Es ist zermürbend. Die Warterei macht mich wahnsinnig. Irgendwann, tief in der Nacht, höre ich Geräusche. Es kracht und klingt, als ob Dinge zerstört werden. Ist es ein Kampf? Hat mich jemand gefunden? Konnte mein Handy doch geortet werden? Sicher werde ich bereits vermisst. Es ist Samstag, wir hatten ein geplantes Meeting, zu dem ich nicht erschienen bin.

Die Hoffnung, gerettet zu werden, lässt mein Herz schneller schlagen.

Vorsichtig gehe ich erneut zur Tür und lausche, ob ich vielleicht Stimmen höre oder etwas anderes ausmachen kann. Leider ist das Einzige, was ich vernehme, das Krachen von Holz. Immer und immer wieder. Als würde er rhythmisch auf irgendetwas einschlagen.

Nach einigen Minuten ist es wieder still im Haus. Ich frage mich, was jetzt wohl los ist, als die Tür aufgeht und ich eben noch die Zeit habe, zur Seite zu springen. Sie schwingt auf und knallt gegen die Wand und eiert nach dem Aufprall mit weniger Kraft zurück.

Hunter steht mitten in meinem Gefängnis. Er ist nur mit einer langen, schwarzen Hose bekleidet. Meine Aufmerksamkeit wird auf seinen muskulösen Oberkörper gelenkt, auf dem im hellen Mondlicht Schweißtropfen glitzern. Auf dem Bauch zeichnet sich ein Sixpack ab.

Der Mann muss hart trainieren, um so auszusehen. Sein genervtes Keuchen erinnert mich daran, dass er ganz offensichtlich in keiner guten Stimmung ist.

Warum ist er in mein Zimmer gestürmt?

Ist er jetzt so weit, mir etwas anzutun?

Ich erschaudere beim Gedanken daran.

„Wir müssen reden", höre ich seine atemlose Stimme, als hätte er einen intensiven Lauf hinter sich.

„Was?", wiederhole ich ungläubig. Ich muss mich verhört haben.

„Wir müssen reden", bestätigt er und ich runzele die Stirn und entspanne mich etwas. Bis eben war mir nicht klar, dass ich die Luft angehalten habe.

Noch während meine Lungen sich wieder mit Sauerstoff füllen, frage ich mich, welche Drogen er wohl eingeworfen hat. Was sollte es in seinem Zustand zu besprechen geben? Es klingt ein bisschen nach einem schlechten Witz. Davon hatte ich in den letzten vierundzwanzig Stunden weißgott genug.

Er geht mit geschmeidigen, aber kraftvollen Schritten zu einem der beiden Stühle und setzt sich. Er sieht mich zwar an, aber sein Gesicht liegt im Dunkeln, da er mit dem Rücken zum Fenster sitzt. Ich kann deshalb nicht erkennen, ob er mich verarschen will oder ob er es tatsächlich ernst meint.

„Seit du weißt, wer ich bin, hat sich die Sachlage geändert."

Mein Atem stockt einen Moment. Was meint er?

„Das hat sie wohl", gebe ich leise zurück. Ich bin mir nach wie vor nicht sicher, wo das alles hier enden wird.

„Geld allein reicht mir nicht mehr. Setz dich!", fordert er mich auf, und ich wage nicht, ihm zu widersprechen oder mich ihm zu widersetzen.

Ich muss schlucken, als ich ihn anblicke. Es ist nicht gerade förderlich für die Stimmung, dass es dunkel im Zimmer ist. Meine Sinne sind zum Zerreißen gespannt, und was ich jetzt als Erstes wahrnehme, ist Hunters Aura.

Sein Geruch steigt mir in die Nase, eine Mischung aus frischem Schweiß und einem herben Aftershave mit einer holzigen Note.

„Was willst du, Hunter?", frage ich mit zitternder Stimme und klopfendem Herzen. Meine Hände lege ich auf meine Beine, weil ich sonst nicht weiß, wohin damit.

„Du wirst mir helfen, meinen Ruf wiederherzustellen." Er klingt ruhig und beherrscht. Nichts ist mehr von seiner Atemlosigkeit zu merken.

Sein Tonfall duldet keinen Widerspruch. So dominant habe ich ihn im Büro nie erlebt, so bestimmt und … männlich.

„Wie soll das gehen?" Ich habe keine Ahnung, denn zaubern kann ich auch nicht. Er ist an seiner Lage schließlich selbst schuld. Im Moment würde ich ihm wahrscheinlich alles versprechen, wenn er mich nur gehen lässt.

„Ich war es nicht", sagt er.

Ich verstehe nur Bahnhof. Ich ziehe meine Augenbrauen zusammen und beuge mich ein Stück nach vorn. „Was?"

„Ich bin es nicht gewesen", wiederholt er mit Nachdruck. Ich sehe, wie er seine Hände zu Fäusten ballt und sie auf die Tischplatte legt, das einzige Möbelstück, das uns trennt.

„Hunter, alles sprach gegen dich."

Das ist milde ausgedrückt, aber ich will ihn nicht reizen. Ich weiß nicht, wozu er fähig ist, wenn er wütend ist. Das Krachen von Holz ist mir lebhaft im Gedächtnis. Er ist so stark, er könnte meine Knochen mit Leichtigkeit brechen.

Nein, der Gedanke ist lächerlich, das würde er nie tun.

„Dann wird jemand noch einmal genauer nachsehen müssen", stellt er kühl fest. Mittlerweile hat er sich wieder etwas entspannt, lehnt sich lässig im Stuhl zurück und verschränkt die Arme vor seiner breiten Brust.

„Wie soll ich das von hier aus veranlassen? Lass meine Familie wissen, dass es mir gutgeht." Ich habe keine Ahnung, ob eine Gegenforderung gut bei ihm ankommt, ich bestehe darauf.

Hunter seufzt leise. Ich bin mir nicht sicher, ob er genervt von mir ist oder was er damit ausdrücken will.

„Warum sollte ich das tun?"

Okay, sein gereizter Tonfall sagt mehr als tausend Worte.

Trotzdem muss ich dranbleiben. Ich blicke ihn direkt an, ich weiß, dass das Mondlicht mein Gesicht beleuchtet und er mich sehen kann.

„Ich tue alles. Wirklich alles, wenn ich ihnen sagen kann, dass es mir gutgeht. Bitte, Hunter, lass sie nicht das Gleiche noch einmal durchmachen wie damals nach dem Verschwinden meiner Mutter. Du kennst die Geschichte wahrscheinlich. Jeder kennt sie. Bitte, lass meine Familie nicht so leiden. Ich verstehe, dass du wütend auf meinen Dad bist, aber meine Schwestern, meine kleinen Schwestern, sie können doch nichts dafür. Lass sie nicht in dem Glauben, dass mir etwas Schlimmes widerfahren ist."

Ich weiß, ich bettele ihn geradezu an, aber das ist mir egal. Der Kloß in meinem Hals ist riesengroß.

Ich bemerke, dass auch er schluckt, während er mich weiter anblickt, er erwidert jedoch nichts.

Seine Brust hebt und senkt sich schneller, es lässt ihn also nicht kalt.

Ich wusste es! Plötzlich wendet er den Blick von mir ab, springt auf und tigert unruhig durch das Zimmer. Dabei reibt er sich den Nacken und flucht auf Koreanisch. Es kann nur ein Fluch sein, so inbrünstig, wie er ihn zwischen seinen zusammengepressten Zähnen ausstößt.

„Ich habe deiner Familie von deinem Handy noch in Shanghai eine Nachricht geschickt. Ihr habt doch so einen netten Gruppenchat. Sie denken, dass du ein paar Tage auf Macao ausspannst."

„Wie bitte? Ich mache nie Urlaub. Niemand wird das glauben."

„Wirklich nicht? Hast du dich in den letzten Wochen mal gesehen, Megan? Du bist immer dünner geworden, abgespannt, und die heftigen Diskussionen mit deinem Dad wurden immer häufiger."

Woher weiß er das alles? Wieso kümmert es ihn überhaupt? Eigentlich sollte er mich hassen und es müsste ihm ganz egal sein, wie schlecht oder gut ich aussehe.

„Das war schon so, als ich noch bei Prescott Enterprises gearbeitet habe, und ich bin mir sicher, nach meiner Entlassung ist es nicht besser geworden. Wie ich höre, habt ihr noch keinen neuen CFO eingestellt", fährt er fort, dabei geht er weiter vor mir auf und ab.

Ich muss das eben Gesagte erst einmal verarbeiten und drehe mich auf dem Stuhl in seine Richtung.

„Also, meine Familie denkt, ich mache einen … Strandurlaub?"

Er nickt. Erleichterung durchflutet mich. Das nimmt der ganzen Situation einiges an Schärfe. Mit Hunter werde ich fertig, wir müssen hier einiges geraderücken.

„Hm. Okay, es ist immerhin besser, sie denken, ich wäre durchgeknallt als entführt", murmele ich mehr zu mir selbst als zu Hunter. Das löst natürlich noch nicht den Punkt, wann er mich gehen lässt. „Und mein Handy? Wo ist es jetzt?"

Er lacht. Es ist ein ehrliches Lachen, was mich doch sehr irritiert. „Das werde ich dir sicher nicht sagen, Megan. Bitte, für wie dumm hältst du mich?"

Seine Worte kränken mich komischerweise und ich stehe auf, um auf seiner Ebene mit ihm weiterzusprechen. „Ich halte dich ganz und gar nicht für dumm. Im Gegenteil, Hunter. Es hat mich hart getroffen zu erfahren, dass du uns verraten hast."

Er bleibt stehen, so dicht vor mir, dass ich seinen Atem auf meiner Haut spüre. Ein seltsames Prickeln breitet sich auf meinem Körper aus, während er eindeutig in meinen persönlichen Radius eingedrungen ist.

„Du wirst so lange hier mein … Gast sein, bis wir herausgefunden haben, wer die Informationen weitergegeben hat. Wer Prescott Enterprises in meinem Namen verraten hat. Ich war es nämlich nicht. Und ich bin nicht länger gewillt, meinen Kopf dafür hinzuhalten. Bis jetzt wollte ich nur Geld, um damit irgendwo neu anfangen zu können. Meiner Sippe in Korea kann ich, entehrt wie ich nun bin, nicht mehr unter die Augen treten. Nie wieder."

Seine samtige Stimme ist leise geworden, ich kann seinen Schmerz förmlich fühlen. Ich muss schlucken, bis jetzt ist mir kein einziges Mal die Idee gekommen, dass Hunter benutzt worden sein könnte. Dass ihm irgendwer die Schuld in die Schuhe geschoben haben könnte.

Der Gedanke daran, dass er glaubt, seine Familie niemals wiedersehen zu können, macht mich traurig. Wenn ich mir vorstelle, meine Schwestern, meinen Dad nie wiederzusehen – es bricht mir das Herz.

„Du meinst es ernst, nicht wahr? Du sagst es nicht nur so dahin?", meine Worte sind nur noch ein Hauch. Uns trennen nur wenige Zentimeter voneinander. Sein Geruch steigt mir in die Nase und ich muss mich zwingen, nicht die Lider zu schließen, nicht mehr davon zu inhalieren. Ich stehe mit dem Rücken zum Fenster, das Mondlicht scheint auf sein Antlitz und seine Pupillen sind schwarz in der Dunkelheit. Die Intensität des Augenblicks ist überwältigend.

Ich atme schneller, nehme seinen Atem in mir auf, bis er zu meinem wird. Hunter ist mir so nahe wie seit langer Zeit kein Mensch mehr. Ich war nie einsam, dachte ich, erst jetzt bemerke ich, wie sehr ich es vermisst habe, etwas mit jemandem zu teilen.

Hunters Lippen sind geöffnet, ich kann nicht wegsehen. In diesem Moment greift er mit einer Hand nach mir und legt sie mir in den Nacken. Die Stelle, an der er mich berührt, brennt, pulsiert und bringt meinen ganzen Körper zum Schwingen. Sein Gesicht kommt ein Stück auf meines zu, ich weiche nicht aus, im Gegenteil, erwarte ihn, ohne den Blick von ihm abzuwenden.

„Ich lüge nicht, Megan. Merk dir das. Ein für alle Mal."

So plötzlich, wie er seine Finger auf meine Haut gelegt hatte, entfernt er sie nun, geht zum Fenster und dreht mir seinen breiten Rücken zu. Ich weiß nicht, wie mir geschieht, was eben passiert ist, und taumele einige Schritte, bis ich selbst an der Wand stehe.

Dort finde ich den Halt, den mir meine wachsweichen Knie nicht mehr geben konnten. Hunter lehnt seine Stirn gegen das kühle Glas, so wie ich es am Abend zuvor schon einmal getan habe. Er wirkt seltsam zerrissen. Seine Flüche bestätigen mir das.

„Scheiße, was ist mir eigentlich eingefallen, das hier zu tun! Es wird niemals gut ausgehen für mich. Niemals", fährt er auf Englisch fort und stürzt aus dem Zimmer, ohne mich ein weiteres Mal anzusehen.

7

Obwohl er die Tür nicht abgeschlossen hat, gehe ich nicht hinaus, denn ich muss nachdenken. Ich rechne damit, dass er das Mobiliar im Erdgeschoss weiter kurz und klein geschlagen hat, nach dem, was ich gehört habe jedenfalls. Außerdem ist es mitten in der Nacht und ich käme nicht weit, wenn ich mich jetzt entscheiden würde abzuhauen.

Vielleicht, sagt ein Stimmchen in meinem Hinterkopf, will ich mir Hunters Geschichte auch einfach anhören, denn wenn es stimmt, was er sagt, dann lebt er zu Unrecht im Exil. Das alles muss ich erst einmal verdauen, bevor ich ihm wieder unter die Augen trete.

Ich kuschele mich in die Decke und versuche ein bisschen zu schlafen. Obwohl mein Kopf vieles zu verarbeiten hat, bin ich doch müde. Die letzten vierundzwanzig Stunden fordern irgendwann ihren Tribut und ich dämmere weg.

Das Nächste, woran ich mich erinnern kann, ist, dass ich schreie. Ich schreie laut und schrill. Ich bin schweißgebadet und der Alptraum ist auch jetzt, wo ich halbwegs wach bin, noch so präsent, dass ich zittere wie Espenlaub. Plötzlich zieht mich jemand in eine kraftvolle Umarmung.

„Hey, du hast geschrien. Ich dachte, hier wäre ein Tier", sagt Hunter leise zu mir und ich lasse zu, dass er mich berührt.

Ich brauche die Geborgenheit, brauche das Gefühl der Sicherheit. Ich blinzele und mir wird bewusst, dass ich einen Anblick des Grauens biete. Meine Haare sind klatschnass, so wie der Rest von mir. Die Bettwäsche ist heiß und feucht und ich zittere immer noch.

„Sch", macht er und wiegt mich sanft hin und her. „Es ist okay, es wird alles in Ordnung kommen."

Seltsamerweise beruhigen mich seine Worte.

Und seine Stimme.

Und seine Nähe.

Es ist das Gesamtpaket, das mich dazu bringt, nicht mehr wie ein Häufchen Elend zu wimmern. Irgendwann bin ich so wach, dass ich die Situation endlich vollständig erfasse.

Hunter liegt mit mir in meinem Bett, nachdem er mich entführt hat und mit hoher Wahrscheinlichkeit der Auslöser für diesen fiesen Flashback meiner Kindheit gewesen ist.

Eigentlich sollte ich ihn beschimpfen, ihm die Augen auskratzen und in die Eier treten. Stattdessen genieße ich es, seine Wärme an meinem Rücken, seinen Atem in meinem Nacken und seine Arme um meinen Körper zu spüren.

Ich sollte es nicht auskosten, aber ich tue es. Meine Nerven sind zu strapaziert, als dass ich die Kraft aufbringen könnte, mich richtig zu verhalten. Ich kann es einfach nicht. Ich kann nicht mehr.

Ich wünsche mir, dass er mich nie wieder loslässt, dass wir für immer so daliegen könnten. Uns ohne Sprache verstehen. Und das ist der Moment, in dem mir klar wird, dass ich absolut in der Scheiße sitze. Nicht nur knöcheltief, sondern bis zum Hals.

Ich habe so was nicht für möglich gehalten, aber das Stockholm-Syndrom hat schon nach vierundzwanzig Stunden zugeschlagen.

Oder ist es das gar nicht? Was soll es sonst sein?

Ja, ich glaube ihm, dass er unschuldig ist, vielleicht nur, weil ich es ihm glauben *möchte*. Das ändert nichts daran, dass ich nicht aus freiem Willen hier bin. Und nun liege ich hier in seinen Armen und hoffe, dass es niemals endet.

Ich brauche eine weitere Therapie, definitiv.

Warum, zur Hölle, ist er nach allem, was passiert ist, so fürsorglich? Ich kann damit nicht umgehen. Ich versteife mich, er reagiert sofort, löst sich sanft von mir und steht auf. Auf der Stelle fröstele ich, weil sein athletischer Körper nicht mehr neben mir ist. Wo eben noch Wärme und Geborgenheit waren, ist jetzt ... nichts mehr.

Ich wünschte, er würde sich wieder zu mir legen ...

Eher würde ich mir die Zunge abbeißen, als ihn darum zu bitten.

„Ich lasse dir ein Bad ein, das wird dir guttun." Seine samtige Stimme umschmeichelt mich wie süßer Kuchenduft. Dennoch erwidere ich nichts, richte mich auf und schlinge das Laken um meinen Leib. Ich bin noch angezogen, meine Kleidung ist nass und zum Wechseln habe ich nichts.

Es sind nichtige Probleme in der Gesamtkonstellation der aktuellen Lage ... Trotzdem hätte ich gerne etwas Trockenes und Sauberes am Leib.

Vielleicht sind es auch die banalen Dinge des Lebens, die mich dazu bringen, nicht komplett durchzudrehen.

„Hunter", sage ich daher, er kann mich nicht sehen, weil er bereits hinter der Bambuswand verschwunden ist. „Hast du frische Klamotten für mich? Ich … habe nur das, was ich anhabe, aber das ist …"

Ich höre das Rauschen, er hat also das Wasser aufgedreht.

„Ich werde es waschen, okay?"

Er will meine Sachen …

O mein Gott. Das kommt nicht infrage.

„Hast du eine Waschmaschine?"

„Nein, aber ich kann es von Hand waschen."

Beim Gedanken daran, wie er meinen Slip, den ich schon viel zu lange am Körper trage, durch seine Finger gleiten lässt, um ihn zu reinigen, schießt mir die Hitze in die Wangen. Ich möchte das nicht. Irgendetwas hat sich zwischen uns verschoben, und ich kann noch nicht genau sagen, was es ist.

Oder doch, ich kann es. Ich sehe ihn mit anderen Augen. Nehme ihn als Mann wahr. Als sehr attraktiven Mann. Bis dahin habe ich ihn nur als Kollegen, als Mitarbeiter und dann als Entführer wahrgenommen. Ich verhalte mich im Büro professionell, daher hätte ich mir Empfindungen in diese Richtung nie erlaubt, dass ich … Aber das hier … hat alles verändert. Er wird definitiv nicht meine schmutzige Unterwäsche zu Gesicht bekommen. Auf gar keinen Fall.

„Ach, nein, ich mache das schon selbst. Kein Problem. Ich dachte nur …"

Ich höre Schritte und sehe, wie er hinter der Bambuswand hervorkommt und vor meinem Bett stehen bleibt. „Es tut mir leid", sagt er leise, verschwindet aus meinem Zimmer und lässt mich noch verwirrter zurück.

Ich wüsste gerne, was genau ihm leidtut. Seufzend gehe ich zur Badewanne, schlüpfe aus meinen Klamotten und steige in das herrlich warme Wasser. Im Haus muss irgendwo ein Boiler sein, wie auch immer. Es ist mir egal, wo es herkommt, solange es da und geheizt ist.

Als ich fertig bin, ist es bereits hell draußen. Ich wickele mich wieder in meine Bettdecke – meine Kleidung habe ich im Badewasser gewaschen, natürlich ist jetzt alles nass. Das Bad hat mir geholfen, zumindest meine Gedanken ein wenig zu sortieren. Fast befürchte ich, dass er mich wieder eingeschlossen hat, aber als ich die Klinke nach unten drücke, geht die Tür zu meiner Überraschung auf.

Vorsichtig tapse ich durch den Flur, steige die Treppe hinunter und erstarre auf der letzten Stufe. Im Kamin brennt ein Feuer, hier unten ist es viel wärmer als oben. Na, vielen Dank, dass ich frieren musste, aber das ist jetzt zweitrangig. Meine Aufmerksamkeit wird wieder auf Hunter gelenkt. Er vollführt geschmeidige Bewegungen, es sieht beinahe nach einer Art meditativem Kampfsport aus. Das Spiel seiner Muskeln zu verfolgen ist hypnotisierend. Ich zwinge mich wegzusehen, er hat mich zum Glück noch nicht bemerkt.

Und dann fällt mir auf, dass aus den ehemals sechs Stühlen um den großen Esstisch buchstäblich Kleinholz gemacht wurde. Die Überreste der Sitzmöbel liegen auf einem riesigen Haufen in der Ecke. Ich runzele die Stirn. Wow, da hat er wirklich ganze Arbeit geleistet.

Ich gehe weiter, hänge meine nasse Kleidung über einen der beiden Korbstühle, in der Hoffnung, dass sie nicht zu lange brauchen werden, um zu trocknen.

„Megan!", ruft er leise, stellt sich breitbeinig hin und unterbricht damit seine Übungen.

„Sorry", erwidere ich und spüre, dass ich rot werde. Er weiß, dass ich unter der Decke nackt bin. Dass meine Sachen neben mir auf dem Stuhl baumeln, ist ihm garantiert nicht entgangen. „Ich ... Ist es okay, dass ich runtergekommen bin?", stammele ich.

Sein durchdringender Blick liegt auf mir und mein Herzschlag beschleunigt sich mit jeder Sekunde mehr. Dann zuckt er plötzlich lässig mit den Schultern. „Ja, sicher. Ich denke, ich muss mich bei dir entschuldigen. Ich hätte dich niemals ... mitnehmen dürfen."

„Mitnehmen" ist selbstverständlich eine krasse Untertreibung, aber ich kann mir vorstellen, dass es einem stolzen Mann wie ihm nicht leichtgefallen ist, mich um Verzeihung zu bitten.

Mir ist gleichzeitig klar, dass er mich nicht gehen lassen wird, bevor ich ihm nicht geholfen habe. Auch wenn ich mich gezwungen fühlen müsste, mache ich es aus freien Stücken. Ich will, dass sein Ruf wiederhergestellt wird. Ja, denn ich will wissen, wer dahintersteckt. Zumindest rede ich mir ein, dass das die einzigen Gründe sind, warum ich nicht sofort darauf bestehe, dass er mich nach Hause bringt.

„Schon okay", murmele ich, was es natürlich nicht ist. Es ist *nicht* in Ordnung, wie er mich behandelt hat. Ganz und gar nicht. Das auszudiskutieren, ist im Moment jedoch sinnlos.

„Ich helfe dir", teile ich ihm mit, woraufhin Hunter mich mit offenem Mund anstarrt.

„Du ... hilfst mir?" Seine samtige Stimme ist leise, beinahe ungläubig. Es ist einer dieser Augenblicke des stummen Austauschs von Emotionen zwischen uns, wie wir es so oft in den letzten beiden Tagen hatten. Ich weiß, dass ihm mein Entgegenkommen viel bedeutet, und eine seltsame Wärme durchflutet meinen Körper.

„Ja", gebe ich gespielt gelassen zurück. „Ich habe ja keine Wahl, nicht?" Ich lache zu schrill.

Gott, ich führe mich wie ein verdammter Teenager auf. Wann genau ist die selbstbewusste Megan mit dem scharfen Verstand verloren gegangen?

Vermutlich irgendwo auf dem Weg von Shanghai nach Moganshan.

Er nickt mir zu. Ungewohnt förmlich. Typisch asiatisch. Es ist seine Art, mir seinen Respekt zu zeigen. „Danke, Megan. Ich danke dir."

Er kommt auf mich zu, und in meinem Magen flattert etwas auf. Schon wieder. Obwohl ich nichts weniger als das gebrauchen könnte, fühle ich mich von ihm angezogen. Er ist so männlich, bestimmt, und das finde ich sexy.

Unglaublich sexy.

„Noch gibt es nichts zu danken", antworte ich verlegen, weiche seinem Blick nicht aus. Im Gegenteil, es ist, als läge ein unsichtbares Band zwischen uns. Ich kann nicht wegsehen und ich will es auch nicht.

Der Moment ist atemberaubend und mir wird ganz flau, als der Anflug eines Lächelns um seine Mundwinkel erscheint. Es ist das erste Mal, dass ich ihn lächeln sehe, seit wir hier sind.

Seine dunklen, mandelförmigen Augen sind nach wie vor auf mich gerichtet. Mein Blut rauscht wie ein Wasserfall durch meinen ohnehin schon vom Bad erhitzten Körper. Hunter tritt plötzlich noch einen Schritt auf mich zu und umarmt mich. Ganz ohne Vorwarnung.

Ich unterdrücke einen überraschten Seufzer. Er streicht über meinen Rücken und ich schmiege mich in seine Arme. Es ist so schön, von ihm gehalten zu werden, auch wenn es falsch ist. Ich liebe es, wie sich seine Nähe anfühlt. Der holzig männliche Geruch, der so typisch für ihn ist, umgibt uns und benebelt meinen Verstand vollends.

„Du solltest loslassen", flüstere ich, tue aber nichts, was ihn davon überzeugen könnte. Stattdessen kuschele ich mich noch ein wenig enger an ihn.

„Ich will nicht loslassen." Seine Stimme klingt rau. Ich kann den Sturm, der in seinem Inneren tobt, förmlich spüren, und seine Worte hallen noch lange in mir nach.

Er will mich auch nicht loslassen, wiederhole ich seinen Satz in meinen Gedanken. Es fühlt sich so gut an, alles in mir schreit danach, dass er mich küsst. Ich will mehr als nur eine Umarmung.

„Du musst", kommt über meine Lippen. Es klingt wenig glaubhaft.

„Du stehst immer noch hier bei mir, deine Hand liegt auf meiner Hüfte. Meinst du nicht, es ist ... gegenseitig?"

O Gott. Wann habe ich meine Hand auf seine Hüfte gelegt? Was habe ich noch getan, ohne es bewusst wahrzunehmen? Ich fühle mich berauscht, so lebendig wie nie zuvor. Dabei ist noch nichts, rein gar nichts zwischen uns passiert.

Das ist nicht ganz korrekt, denn wenn ich ehrlich bin, dann ist längst eine Menge vorgefallen. Ich war nie gut in Chemie, dennoch ist klar, dass uns eine merkwürdige Anziehung verbindet, die man mit sachlichem Denken nicht erklären kann. Auf einer ganz anderen Ebene wissen unsere Körper instinktiv, dass wir wie füreinander geschaffen sind. Ich fand ihn immer schon attraktiv, ja, aber natürlich habe ich keinen Gedanken in diese Richtung verschwendet.

Immerhin waren wir Kollegen und ich hätte nie auch nur die Idee zugelassen, dass da mehr sein könnte. Diese Zurückhaltung ist nun Geschichte. Mein Organismus verselbstständigt sich quasi, sobald er nur noch auf Armeslänge von mir entfernt ist, – ob ich es möchte oder nicht. Und im Moment wünsche ich mir nichts mehr, als dass er mich endlich küsst.

Mein Herzschlag ist schnell wie ein Presslufthammer. Ich sollte mich von ihm lösen, versuche mich ein letztes Mal selbst dazu zu bewegen, mich aus seiner Umarmung zu winden.

Das alles ist mehr als unangebracht. Ich sollte mich von ihm entfernen, auch wenn die Vorstellung, nur einen Zentimeter Abstand zwischen ihn und mich zu bringen, mich förmlich körperlich leiden lässt.

Ich kann nicht. Ich kann es nicht. Alles in mir schreit danach, dass ich das tun sollte, wonach ich mich sehne.

Ich will es wie nichts zuvor, – auch wenn es wahrscheinlich der größte Fehler meines Lebens sein wird.

„Du musst mir glauben, Megan. Ich hatte mit der Sache nie etwas zu tun."

„Ich glaube dir." Und das tue ich wirklich. Ich weiß es, tief in meinem Herzen weiß ich es.

Und dann geschieht es endlich. Hunter schiebt mich ein Stück von sich, legt seine Hände auf meine Wangen, sieht mir tief in die Augen und dann küsst er mich.

Es liegt so viel in diesem Kuss, was ich niemals in Worte fassen könnte. Hunters Lippen sind sanft und doch so kräftig. Er küsst mich dennoch ganz behutsam, als ob er jede Sekunde davon auskosten wollte, als ob er mich brauchen würde, als wäre ich sein Gegenstück.

Noch nie habe ich einen Kuss wie diesen erlebt. Unser Atem wird eins, unsere Zungen erforschen sich, unsere Münder verbinden sich. Ich wünschte, es würde niemals enden. Ich knabbere und sauge an seiner Unterlippe und ihm entfährt ein dunkler Laut, der mir zeigt, wie sehr es ihm gefällt. Es begann zärtlich, mittlerweile ist es anders. Intensiver und leidenschaftlicher.

Hunters Hunger nach mir scheint unersättlich, mir geht es genauso. Ich bin kopflos, getrieben von meinen eigenen Empfindungen und entflammt. Es brennt heiß zwischen meinen Beinen und ich sehne mich danach, dass er mich dort berührt.

Ich will, dass er mir das gibt, was mir noch niemand vor ihm geben konnte. Ich weiß, dass er der eine Mann ist, der mich zum Höhepunkt bringen kann. Es wird ihm leicht gelingen, ich bin jetzt schon so erregt und das Einzige, was wir bisher teilen, ist ein Kuss. Ich keuche und dränge mich an seinen stahlharten Körper. Hunters Hände sind überall und nirgendwo. Ich weiß nicht mehr, wo oben und unten ist.

Und dann ist es vorbei.

Wo eben noch seine Lippen lagen, fühle ich einen Luftzug, der mich schaudern lässt. Ich bebe innerlich – und äußerlich. Blinzelnd öffne ich die Augen, um zu sehen, was nicht stimmt.

„Es ... tut mir leid." Dabei schüttelt er sich, als ob er so die Erinnerungen an das, was zwischen uns gewesen ist, loswerden könnte. „Ich ... Es steht mir nicht zu." Er neigt den Kopf. „Das ist eine andere Welt, eine Welt, in der ich nichts zu suchen habe."

„Weil ich Megan Prescott bin ...", gebe ich tonlos zurück.

Die Emotionen, die Empfindungen sind noch nicht ganz abgeklungen, seine Worte sind wie eine kalte Dusche. Als ich ihn ansehe, fällt auch der letzte noch flatternde Schmetterling betäubt zu Boden.

Er will mich nicht, weil wir aus unterschiedlichen Kreisen stammen. Ich bin Engländerin, er ist Koreaner. Ich entspringe einer reichen Unternehmerfamilie, er stabilen Verhältnissen, die nicht im Entferntesten mit meinen zu vergleichen sind.

Was tut das schon zur Sache?, will ich schreien. Ich bin wütend, verletzt und ... traurig. Unendlich traurig.

Es ist nicht das erste Mal, dass ich auf meine Herkunft reduziert werde. Nie hat es so wehgetan wie heute. Weil ich nicht will, dass er sieht, wie getroffen ich bin, reiße ich mich, so gut es geht, zusammen. Ich räuspere mich und presse meine Lippen, die nach unserem Kuss geschwollen und wahrscheinlich tiefrot sind, aufeinander.

„Okay, also. Wo fangen wir an?" Ich will meine Kränkung überspielen, habe aber keine Ahnung, wie mir das gelingen soll. Nicht nach dem, was zwischen uns gewesen ist.

8

SEIT DEM KUSS ist die Stimmung seltsam. Nicht, dass sie vorher normal gewesen wäre, das kann man nicht behaupten, dennoch schwingt etwas anderes in der Luft mit, was keiner von uns kommentiert.

Schweigend hat Hunter Frühstück zubereitet, wieder diese Art Reissuppe und Gemüse, das man, wie ich jetzt weiß, *Kimchi* nennt, gibt es wieder dazu. Koreaner konsumieren dieses sauer eingelegte Zeug beinahe zu jeder Mahlzeit. Obwohl ich riesigen Hunger haben müsste, dreht sich mir beim Geruch von Nahrung fast der Magen um, aber ich nehme mir vor, zumindest einen Happen zu essen, denn ich will nicht unhöflich oder gar undankbar wirken.

Da wir keine Stühle am Esstisch mehr haben, deckt Hunter an der Bar für uns ein. Er behandelt mich wie einen sehr willkommenen Gast, ich darf nicht helfen und auch nichts beitragen. Es ist okay für mich, weil ich gar nicht wüsste, was ich tun sollte.

Von seiner Art zu kochen verstehe ich nichts, ich bin schon zufrieden, wenn mir Rührei gelingt. Bei uns gab es immer eine Köchin und selbst jetzt, wo ich alleine lebe, habe ich eine Haushälterin, die das für mich übernimmt. In China übrigens total normal, dass man jemanden dafür einstellt, das gilt bereits für Angestellte der Executive-Ebene.

Sie wundert sich bestimmt, warum ich seit zwei Tagen nichts von dem gegessen habe, was sie zubereitet hat. Es kommt dennoch hin und wieder vor, wenn ich viel zu tun habe und im Büro eine Kleinigkeit zu mir nehme.

„Setz dich, du musst essen." Sein Tonfall duldet keinen Widerspruch und reißt mich aus den Gedanken um meinen Kühlschrank zu Hause. Mittlerweile bin ich wieder angezogen – am Feuer sind meine Sachen tatsächlich sehr schnell trocken geworden – und ich bin froh darum, als ich neben ihn auf einen der Barhocker klettere.

Während wir essen, – ich rühre mehr darin herum, als dass ich davon wirklich etwas schlucke – überlege ich, wie absurd das hier alles ist. Als ich die Stille nicht mehr ertrage – in dieser Villa gibt es anscheinend nicht mal ein Radio – durchbreche ich das Schweigen: „Also, wer könnte es gewesen sein. Wer könnte dich benutzt haben?"

Hunter stellt seine Schale vor sich ab und sieht mich von der Seite an. „Du glaubst mir wirklich?"

Er klingt, als ob er sich immer noch nicht sicher wäre.

Ich unterdrücke das Bedürfnis, meinen Kopf zu schütteln wie eine Mutter, die ihr Kind tadeln will. Diese Rolle sitzt schon so tief in mir, dass ich vielleicht neu lernen muss, mich nicht bei jedem so aufzuführen.

Deswegen nicke ich demonstrativ, auch um es mir selbst klarzumachen. „Ja, Hunter. Ich glaube dir. Es tut mir leid, dass es so weit kommen musste. Es tut mir leid, dass ich dir nicht vertraut habe. Du warst immer ein zuverlässiger Mitarbeiter."

„Genau, das war ich. Ein zuverlässiger Mitarbeiter", brummt er und stiert in seine Suppe. Was er vorhin zu mir gesagt hat, hängt über uns und verpestet die Luft. Dass wir aus verschiedenen Welten stammen, ist zwar richtig, aber es ist mir scheißegal. Meine Eitelkeit verbietet es mir, ihn zu bitten, mich erneut zu küssen, obwohl ich mich danach sehne. Hunter ist wie eine Droge für mich. Einmal damit begonnen, bekommt man nicht mehr genug. Allerdings würde ich ihn im Moment lieber schlagen, ihn anschreien, warum er so albern ist und die gesellschaftlichen Zwänge vorschiebt.

Er weiß, dass da etwas zwischen uns ist, und mir ist es auch klar. Keiner von uns leugnet es. Sein Ehrgefühl hält ihn davon ab, einen Schritt weiter zu gehen, und seine antiquierten Hierarchievorstellungen, vielleicht auch seine Herkunft.

Möglicherweise könnte ich ihn überzeugen, dass man all diese Barrieren überwinden kann, aber ich habe auch meinen Stolz. Ich schätze, wir haben einfach beide einen Knacks.

„Ich muss dich zurückbringen", sagt er jetzt, und mir fällt der Löffel aus der Hand.

„Was?" Ich sehe ihn entgeistert an. Wo kam das auf einmal her? So plötzlich? Ich habe gerade angefangen, mich an alles zu gewöhnen.

Mich an ihn zu gewöhnen. Ich will nicht zurück.

„Ich kann dich nicht länger hier festhalten", fügt er hinzu.

Muss ich sagen, dass ich enttäuscht bin? Jetzt, wo klar ist, dass er mir nichts tun wird, würde ich gerne länger in Moganshan bleiben.

„Traust du mir? Ich könnte dich anzeigen!", versuche ich ihn davon abzubringen mich nach Hause zu bringen.

Er lächelt traurig. „Ich hätte es verdient, Megan."

Ach du meine Güte. Der Mann ist nicht zu retten. Ich atme geräuschvoll ein und wieder aus.

So viel Edelmut an der falschen Stelle.

„Gibt es hier denn überhaupt Handyempfang?"

Es wäre besser, wenn ich meiner Familie persönlich erkläre, dass ich auf einer Touristeninsel Ferien mache. Nicht, dass sie noch einen Suchtrupp ausschicken, so eine Aktion wie ein überstürzter Urlaub sieht mir ganz und gar nicht ähnlich. Ich wäre immer wenigstens per Email oder Fax erreichbar. Dass ich einfach abtauche, ist noch nie vorgekommen.

Mein Pflichtgefühl würde mich umbringen, wenn ich das täte.

„Nein, nicht hier im Haus", erwidert er mit gerunzelter Stirn.

„Jesus, was ist, wenn ich krank geworden wäre? Wie hättest du Hilfe geholt?"

Er wirft mir einen finsteren Blick zu. „Du bist kerngesund, nicht? Außerdem habe ich ein Auto."

„Ach. Stimmt ja."

„Wenn wir ein Stück gehen, weiter oben auf dem Berg bekommt man ein Signal. Kein starkes, aber immerhin."

„Gut." Ich nicke, mehr fällt mir dazu nicht ein. Ich habe keinen blassen Schimmer, was ich meiner Familie erzählen soll. Wem ich es erzählen soll. Ich kaue eine Weile auf dem Gedanken herum, bis ich zu dem Schluss komme, dass Emma meine Kandidatin der Wahl ist. Ich habe nämlich die schwere Vermutung, dass mein Dad sauer sein könnte, weil ich einfach verschwunden bin. Dass ich nichts dafür kann, wird er niemals erfahren.

„Kannst du mit den Ballerinas überhaupt gehen?"

Ich sehe ihn schräg an. „Willst du mich tragen? Leider hatte ich keine Trekkingschuhe in der Handtasche."

„Glaub mir, wenn ich die Entführung rückgängig machen könnte, würde ich es tun. Ja, zur Not werde ich dich tragen, Megan."

„Nein, danke." Ich lache humorlos auf. So weit kommt es noch. Er bereut es also jetzt schon, dass ich hier bin. Ich weiß, ich sollte das nicht persönlich nehmen, aber irgendwie kränkt es mich.

„Und die Tiere?", fragt er mich allen Ernstes.

„Mein Gott, Hunter. Du weißt besser als ich, dass Schlangen bei der kleinsten Vibration abhauen, so viele kann es hier auch nicht geben." So langsam geht mein Temperament mit mir durch. Als ob ich ein hilfloses Weibchen wäre, das sich vor allem und jedem fürchtet.

„Okay, tut mir leid, lass uns gehen."

Er sieht auf seine Schale und schiebt sie dann von sich.

Uns ist beiden bewusst, dass wir hier nicht für immer bleiben können. Gegen einige Tage mehr hätte ich, ehrlich gesagt, absolut nichts einzuwenden. Jetzt, wo die Anspannung von mir abgefallen ist und ich keine Angst mehr haben muss, dass er mir etwas antut – wie lächerlich der Gedanke im Nachhinein ist –, wird mir klar, wie sehr ich es genieße, dass ich einmal nicht für alles Rede und Antwort zu stehen habe.

Diese permanente Erreichbarkeit, all die Entscheidungen, die ich ständig treffen muss. Die Verantwortung, die auf mir lastet, und die andauernden Diskussionen mit meinem Dad … Das hat viel Kraft gekostet und kostet mich tagtäglich viel Kraft. Ich sehe, jetzt, wo ich aus dem Alltag gerissen bin, dass meine Akkus leer sind, dass ich kurz vor dem Burnout stehe.

Ich kann mir überhaupt nicht vorstellen, sofort an meinen Schreibtisch und zu den Alltagsproblemen zurückzukehren. Und hier habe ich meine Ruhe, hier könnte ich Energie tanken. Ich könnte immer mal wieder für einige Stunden durch den Bambuswald wandern – Schuhwerk hin oder her – und einfach abspannen.

Vielleicht könnte Hunter mir ein paar Bücher besorgen und nebenbei könnte ich ihm helfen aufzuklären, wer ihn benutzt hat. Ich finde eigentlich, das klingt nach einem super Plan. Fast wie Urlaub. Absurd.

„Ich gehe nicht, Hunter", informiere ich ihn daher mit ausdrucksloser Miene.

„Wie bitte? Also doch tragen?"

Männer. Er versteht natürlich nicht, worauf ich hinauswill.

„Nein", winke ich ab. „Ich meine, ich werde noch nicht wieder nach Shanghai zurückfahren."

Er hebt eine Augenbraue und sieht mich an. „Und das heißt …?"

„Ganz einfach, ich helfe dir, aber von hier aus. Wenn ich zurück bin, werde ich sofort wieder in meinem Job eingespannt sein. Dann habe ich keine Zeit herauszufinden, wer dich dermaßen in die Scheiße geritten hat."

„Und wie stellst du dir das vor? Wie willst du das von hier aus steuern?"

„Ich weiß es nicht, okay?", fahre ich ihn an. „Ich habe keine Ahnung! Aber was ich weiß, ist, dass ich keine Lust habe, dass demnächst womöglich noch mal so was passiert und dann vielleicht von meinem Account.

Außerdem ... Deine Unschuld muss bewiesen werden. Du hast genug gelitten."

„Ich habe nicht gelitten", presst er mühsam hervor.

Gott, dieser Mann und seine Ehre.

„Was auch immer. Ich bleibe hier."

Er zuckt die Schultern. „Das bestimmst du so einfach?"

„Ich schätze, dieses Mal hast du keine Wahl, Hunter. Du bist mir was schuldig. Ich brauche ein paar Tage länger an diesem Ort. Ich muss nachdenken, Zeit zum Überlegen haben. In Shanghai ... kann ich das nicht. Nicht so wie hier."

Er atmet hörbar aus und beginnt dann abzuräumen. „Gut, aber du informierst deine Familie."

„Du kannst ganz schön autoritär sein", necke ich ihn, fange mir dafür erneut einen finsteren Blick ein. Ich kann mir vorstellen, dass die Tage hier amüsant werden dürften. Hunter scheint mindestens so stur zu sein wie ich.

Wir verlassen das Haus – Hunter schließt nicht hinter mir ab – und begeben uns auf den Weg. Vom Parkplatz aus führen Stufen weiter nach oben. Ich folge ihm und muss schon nach wenigen Minuten feststellen, dass man mit täglichen Spaziergängen definitiv nicht gut genug trainiert ist, um mit einem Hunter Kim mithalten zu können.

Ich habe überhaupt keine Gelegenheit, die schöne Natur um mich herum zu genießen. Nebenbei mache ich mir ein paar Gedanken, was ich genau zu Emma sagen soll, damit sie es mir am Ende auch abkauft. Mein Handy hat gerade noch einen letzten Rest Akku, natürlich habe ich kein Ladegerät mit. Ich hoffe also, dass es noch hinhaut, bevor mir der Saft ausgeht.

„Alles okay?", fragt mich Hunter kurz darauf. Vermutlich hat er gehört, dass ich schnaufe wie eine mittelgroße Dampflok direkt vor der Explosion.

„Nein, alles super. Lauf doch noch ein bisschen schneller", zische ich sarkastisch.

„Ach, entschuldige, ich gehe immer nur von mir aus. In letzter Zeit hatte ich nicht so viel Gesellschaft."

„Ja, schon gut." Es ist mir klar, dass er nicht aus Boshaftigkeit so zügig marschiert ist. Gemeinerweise schwitzt er nicht mal und mir kleben meine Klamotten längst am Leib. Mir wird gerade sehr bewusst, dass ich, seit ich hier bin, kein Deo mehr benutzt habe, weil es hier keines gibt. Hastig verwerfe ich den Gedanken an meine Körperausdünstungen. Das sollte jetzt wirklich nebensächlich sein – ist es leider nicht.

„Geh du voraus", meint er.

„Was? Ich kenne den Weg doch gar nicht." Das kann er absolut vergessen. Dann ziehe ich eine Schweißfahne hinter mir her – no way!

„So kannst du das Tempo bestimmen."

„Jetzt sei nicht albern, Hunter."

„Was?"

„Na los, geh. Ich folge dir." Ich wedele ungeduldig mit meinen Händen.

Hunter zieht die Augenbrauen zusammen. „Wie du meinst." Er zuckt kurz mit den Schultern und läuft weiter. Deutlich langsamer als zuvor. Ich bin ihm dankbar dafür, das werde ich allerdings nicht sagen.

Ich habe keine Ahnung, wie lange wir unterwegs sind, ich schätze eine gute halbe Stunde, als er mir mitteilt, dass wir bald da sind. Und tatsächlich, wir erreichen nach wenigen Metern eine Lichtung, von der aus man einen traumhaften Ausblick hat. Ich bin fasziniert. Wenn die Aussicht von meinem Zimmer aus schon atemberaubend ist, so ist das Panorama hier *megakrass*.

Es ist Wahnsinn, wie weit man von hier oben sehen kann. Buchstäblich so weit das Auge reicht und noch ein Stückchen weiter. In Shanghai ist der Himmel oft grau und trüb, hier ist er strahlend blau und wolkenlos. Die Luft ist so klar, dass ich einen Moment innehalte und das Gefühl einfach genieße.

„Wow, es ist so schön hier!", staune ich.

Nach einer Weile schaue ich mich um und bemerke, dass Hunter mich anstarrt. Es irritiert mich, dass er mich so wortlos mustert, beinahe mit Blicken auszieht und sich dann von mir abwendet, als hätte ich ihn ertappt. Trotzdem fühle ich mich seltsamerweise geschmeichelt. Sehr sogar.

„Wolltest du nicht telefonieren?", erinnert er mich schroff.

„Ja, das wollte ich." Ich zücke mein Smartphone. Tatsächlich habe ich Empfang und stelle fest, dass ich ungefähr eine Million Mitteilungen, entgangene Anrufe auf der Mailbox und mindestens noch mal so viele Emails habe. Es hört gar nicht auf, immer mehr Nachrichten und Erinnerungen poppen nacheinander auf meinem Display auf.

„O Gott!", seufze ich und reibe mir über das schweißnasse Gesicht.

„Was ist?" Es ist süß, dass er so besorgt klingt.

„Es sieht so aus, als ob meine Gruppenmitteilung nicht so gut angekommen ist, ich habe hier etliche Nachrichten von meiner Familie und dann der übliche Kram. Arbeit."

Hunter wird kreidebleich.

„Hey! Schon gut", beruhige ich ihn. „Deswegen telefoniere ich jetzt ja. Entspann dich. Okay?"

Er schluckt und schlägt dann mit einer Faust gegen einen Baum. Er atmet schwer und hat die Augen jetzt geschlossen. Ich kann mir vorstellen, was er denkt. Er hat mich in diese Situation gebracht, er hat mich aus meinem Leben gerissen, und jetzt fühlt er sich für alles verantwortlich. Ich muss ihm irgendwie klarmachen, dass es mir – im Nachhinein betrachtet – guttut, dass ich endlich etwas Abstand zwischen mich und meinen Job sowie meinen herrischen Vater bringe.

„Hunter", versuche ich ihn zu besänftigen und lege ihm eine Hand auf die Schulter.

„Lass mich", blafft er und schüttelt sie ab. „Es ist alles meine Schuld."

„Jetzt hör auf, Hunter. Ich verstehe dich ja, mir geht es gut. Mach dir nicht so viele Gedanken, wir bekommen das hin, ja?"

Ich sehe, dass er mit sich ringt. Ich dringe anscheinend nicht genug zu ihm durch, um ihn davon zu überzeugen, dass er mir nicht ernsthaft geschadet hat. „Hunter, bitte", probiere ich es erneut. „Sieh mich an!"

Nichts. Er hält seine Augen geschlossen und seine Hand krampft sich am Baumstamm fest.

„Schau mich verdammt noch mal an, Hunter Kim!", erhebe ich meine Stimme.

Das scheint zu wirken. Na endlich.

Er öffnet seine Lider und wendet sich mir zu. Es schnürt mir das Herz zusammen, die Schuldgefühle und die Reue in seinem Gesicht zu entdecken. Ich würde ihn gerne in die Arme nehmen, aber ich weiß, für einen Mann wie ihn wäre das wie eine Ohrfeige.

„Ich rufe jetzt meine Familie an und danach haben wir kein Problem mehr deswegen. Ist das klar?"

Er nickt und ich spüre seine Dankbarkeit, auch wenn er sonst nichts dazu sagt.

Ich atme tief durch und wähle dann die Nummer meines Vaters. Wenn ich will, dass es glaubwürdig ist, kann ich nicht einfach mit Emma reden, das ist mir auf dem Marsch eben klargeworden. Mein Vater würde fuchsteufelswild werden, wenn er nicht als Erster von mir hört. Ich wusste das schon vorhin, wollte aber seinem Zorn entgehen.

Feigheit ist momentan nicht angebracht, und ich mache mich, während ich auf ein Freizeichen warte, auf ein Donnerwetter gefasst. Lieber das, als am Ende noch mehr Probleme heraufzubeschwören, weil ich Emma angerufen habe und nicht ihn.

Klingt kompliziert? Ist es.

Mein Vater hebt bereits nach dem zweiten Klingeln ab. „Megan, mein Gott! Wo zur Hölle steckst du?"

Ja, ich hab dich auch vermisst, Dad! Ich verziehe mein Gesicht.

„Hey, Dad. Ich hatte euch doch geschrieben, dass ich ein paar Tage Urlaub brauche."

Kurzes Schweigen.
Dann brüllt er los.
„Ich kann mich ja gerade wohl nur verhört haben. Ich habe nichts dagegen, dass du Urlaub machst, dann schalte bitte dein Telefon ein! Das geht so nicht!"
Ich muss das Smartphone ein Stück von mir weghalten, um keinen Hörschaden zu bekommen.
„Ja, stimmt. Nur, der Empfang hier ist so schlecht."
„In welchem verdammten Hotel bist du?"
Mit dieser Frage habe ich nicht gerechnet, dabei ist sie nur logisch.
Scheiße, jetzt muss ich mir schnell was einfallen lassen.
„Weißt du, Dad, ich wollte einfach mal abschalten. Keine Arbeit. Kein Handy."
Mein Vater atmet hörbar aus. „Ernsthaft? Das wäre ja okay, wenn du vorher Bescheid sagen würdest. Wir hatten hier wichtige Sitzungen und die Einzige, die es nicht nötig hatte aufzutauchen, warst du. Wie anmaßend und enttäuschend! Du bist eine Prescott. Du bist die Nummer zwei hier."
Das hat gesessen. Dass er die Familienkarte zieht, ist fies. Damit trifft er mich am meisten.
„Ich hatte meine Gründe." Ich bin schon nur noch ganz klein mit Hut, aber ich kann auch nicht anders, deswegen muss ihm das als Antwort genügen.
„Du hattest deine Gründe? Ich glaube das nicht. Wirklich? Habe ich dich zur Unzuverlässigkeit erzogen? Ich bin schwer entsetzt, Megan. Und wann gedenkst du zurückzukommen?"
In diesem Moment – am liebsten gar nicht.

„Wir haben uns Sorgen gemacht", fährt er leiser fort. „Es ist noch nie da gewesen, dass man dich nicht erreichen kann. Das kommt mir alles spanisch vor, Megan."

Tja, er hat recht, nur, was soll ich sagen? „Dad, es war ein spontaner Einfall, es tut mir leid."

Eine Weile höre ich ihn nur atmen.

„Ja, das sagtest du bereits", gibt er milder zurück. Es scheint, dass der erste Zorn verraucht ist. „Wann bist du wieder in Shanghai?"

Ich habe keine Ahnung. „Bald. In ein paar Tagen."

„Geht es konkreter?", erwidert er gereizt. Ich kann mir genau vorstellen, wie er in seinem Chefsessel sitzt und ungeduldig mit den Fingern auf die Tischplatte trommelt.

„Nein, leider nicht. Aber mach dir bitte keine Gedanken, ich brauchte es einfach."

„Ist auch wirklich alles in Ordnung mit dir, Liebes?"

Gut, dass er überhaupt daran denkt zu fragen.

„Ja, das wird es wieder. Es geht mir wunderbar hier."

Und das ist nicht mal gelogen.

„Okay, Megan. Dann … spann aus. Ich regele alles."

Ich bin ein bisschen überrascht, dass er das so sieht. Vielleicht hätte ich das längst mal machen sollen, wenn es am Ende so einfach ist.

„Danke, Dad. Bis dann", sage ich daher nur, lege auf und stöhne leise, dass ich es hinter mir habe – und mein Kopf noch dran ist. Kurz darauf schalte ich mein Handy aus. Ich habe genug von der Zivilisation und meinem Leben in Shanghai gehört, um zu wissen, dass ich Abstand brauche. Diese Auszeit ist überfällig.

„Du solltest dich nicht so von ihm behandeln lassen", höre ich Hunters dunkle Stimme hinter mir. Ich zucke zusammen. Ihn hatte ich für einen Moment völlig vergessen.

„Was? Er ist mein Vater!" Er sollte sich absolut nicht in Dinge einmischen, die ihn rein gar nichts angehen.

„Das kann sein. Glaub mir, ich weiß, was Respekt bedeutet, den man gegenüber seinen Eltern haben sollte. Trotzdem, du stehst zu lange in seinem Schatten. Bemerkt er nicht, dass du viel mehr bist als nur das, was er in dir sieht?"

„Nummer zwei zu sein ist doch auch etwas."

„Du bist aber damit nicht glücklich." Ich hasse Hunter dafür, dass er mir die Wahrheit so brutal ins Gesicht schleudert, und frage mich, ob es wirklich so offensichtlich ist.

Oder ist es das nur für ihn?

„Ach ja? Es kam mir früher immer so vor, als ob es dich nicht gerade gestört hätte, mit mir zu arbeiten." Ich kneife meine Augen zusammen und funkele ihn wütend an.

„Ich bin nicht blind, habe es lange genug mit angesehen. Und ja, ich habe gerne für euch gearbeitet. Dein Vater hat nicht das Recht, dich anzuschreien und so zu behandeln."

„Was weißt du schon. Lass uns zurückgehen." Ich werde meine Tochter-Vater-Problematik ganz sicher nicht mit Hunter besprechen. Der Rückweg verläuft schweigend und ich bin froh darüber. Ich muss nachdenken.

9

„WER HÄTTE INTERESSE DARAN, dich als Schuldigen zu sehen?", will ich von Hunter wissen, während er Karotten schneidet. Ich habe mich noch nie so gesund ernährt wie hier mit ihm.

„Glaub mir", er blickt auf und hält einen Moment inne, „diese Frage habe ich mir schon eine Million Mal gestellt." Er schüttelt den Kopf und schnippelt weiter.

„Könnte es ein Kollege gewesen sein? Oder eine Kollegin?"

„Möglich. Oder ein externer Hacker, ich habe keine Ahnung. Ich halte es nicht für wahrscheinlich, da ich das Emailprogramm und andere Programme wie Excel und Powerpoint von zwei verschiedenen Rechnern bedient habe."

„Was? Wieso das?"

„Weil dein Vater paranoid ist, was das angeht. Er vertraut keiner Firewall, wenn es um die Finanzen seines Konzerns geht."

„Das leuchtet mir ein." Ich kratze mich an der Stirn, während ich überlege. „Schon ironisch, dass gerade wir ein Opfer dieser Art werden."

„Ja, vielleicht auch nicht. Wenn ich so darüber nachdenke, meine ich, es müsste doch jemand aus dem näheren Umkreis sein. Jemand, der möglicherweise selbst Zugriff auf die entsprechenden Informationen hatte."

Ich seufze leise und gehe auf und ab, weil ich so besser denken kann.

„Ja, aber wie ist der oder die dann in deinen Email-Account gekommen? Also kein Hacker?"

„Ich glaube, die Hacker-Variante schließt sich mit dieser Zwei-Computer-Sache aus, weil der eine nicht mit dem Internet verbunden ist. Ich habe immer mit einem USB-Stick die Dateien von meinem Offline-Rechner auf den Online-Rechner transferiert. Nie per Email."

„Das klingt ja schon ein bisschen übervorsichtig."

„Ja, aber die Sicherheit der Infos ging vor."

„Das hat ja gut geklappt."

Hunter hält inne und knallt das Messer auf das Schneidebrett. „Ja, danke. Das weiß ich selbst."

„Gott, sorry. Es tut mir leid. So war das nicht gemeint." Ich beiße mir auf die Lippe und ärgere mich, dass ich meine Klappe nicht gehalten habe. Er ist wirklich empfindlich, was das Thema angeht, und das ist nur zu verständlich.

„Schon gut. Du kannst ja nichts dafür."

Er schnippelt weiter, sagt aber nichts mehr.

„Hattest du mit jemandem Ärger, der dir was in die Schuhe schieben wollte?", frage ich weiter.

Er schüttelt den Kopf.

„Dann bist du ein Zufallsopfer?" Das mag ich nicht so recht glauben, dann hätte man die Informationen gar nicht erst per Email von seinem Account verschicken müssen.

„Irgendjemanden muss es also in unserem Konzern geben, der dich entweder loswerden oder sich an dir rächen wollte."

Hunter presst die Lippen aufeinander, sagt aber weiterhin nichts.

„Gibt es so eine Person?", bohre ich weiter. Ich kann mir vorstellen, dass er nicht gerne darüber redet, aber es muss sein.

„Nein."

„Ach, komm schon, ich kann das nicht alleine lösen. Du musst mir schon ein paar Hinweise geben. Wer könnte was gegen dich haben? Gehabt haben?"

Er schweigt beharrlich und ich überlege weiter.

Was wäre denn ein gutes Motiv für eine Rache? Ist es überhaupt als Vergeltung gemeint?

O mein Gott.

Vielleicht eine Verflossene? Eine Büroaffäre?

Ich muss zugeben, der Gedanke daran, dass er mit einer anderen Frau etwas hat, gefällt mir irgendwie nicht. Es geht mich eigentlich nichts an und er ist mir keine Rechenschaft schuldig … aber wenn die Möglichkeit besteht, dass man es so aufklären könnte ….

„Hattest du mit jemandem eine Affäre … die nicht gut geendet ist?"

Gott, bin ich dämlich. Welche Liebschaft endet gut? Das Ende einer Beziehung ist immer qualvoll, deswegen führe ich ja keine.

Das Messer rutscht ab und er schneidet sich in die Fingerkuppe.

„Fuck!", flucht er und steckt sich den Finger in den Mund.

Aha. Das muss es also sein, wenn er so heftig auf meine Frage reagiert. Ich könnte nicht behaupten, dass ich das gut finde.

„Hunter!", beharre ich auf einer Antwort. „Hattest du eine Liaison mit einer Kollegin? Mit wem? Sag es mir, vielleicht ist das die Lösung."

Dann kann ich der blöden Kuh höchstpersönlich die Augen auskratzen.

„So was würde sie nicht machen."

„Würde sie nicht?", wiederhole ich und ziehe meine Brauen zusammen. „Wer ist sie?"

Er nimmt seine Hand von den Lippen und sucht in einer Schublade nach einem Pflaster.

„Ling würde so was nicht tun."

Mein Kiefer klappt nach unten. Ling?

Er hatte was mit seiner Sekretärin?

Das glaube ich jetzt nicht.

Jesus! Ein bisschen mehr Stil hätte ich ihm schon zugetraut. Und mir will er was erzählen von wegen unangebracht und so? Ich beiße mir auf die Unterlippe, um ihm nicht an den Kopf zu werfen, wie schlimm ich das finde.

Konnte er nicht noch mehr Klischees erfüllen? Es ist ...

Okay. Gut. Es geht mich nichts an.

Trotzdem kann ich nicht leugnen, dass mir die Bilder von ihm und ihr, die sich in meinem Gehirn gerade zusammenfügen, nicht gefallen. Ganz und gar nicht.

„Siehst du, Megan. Deswegen wollte ich es dir nicht sagen", höre ich seine samtige Stimme. „Ich wusste, du würdest mich verurteilen."

Ich rolle mit den Augen, stehe zum Glück mit dem Rücken zu ihm, sodass er es nicht sehen kann. Jetzt wende ich mich zu ihm um und hoffe, dass ich meine Mimik wieder einigermaßen im Griff habe.

„Shit, Hunter. Was du in deiner Freizeit treibst, ist deine Sache."

„Komm schon, Megan. Gib ruhig zu, dass du es abartig findest, dass ich etwas mit einer Angestellten hatte, die in der Rangfolge weit unter mir steht. Ich war in einer Machtposition und die hätte ich nicht ausnutzen dürfen."

„Meine Güte, Hunter. Zu einer Affäre gehören zwei. Oder hattet ihr eine richtige Beziehung?"

Meine Stimme überschlägt sich und ich wünschte, ich könnte das gelassener sehen.

„Nein, wir waren kein Paar. Wir haben nur wenige Male …"

„Das reicht, ich will keine Details … Bitte!", unterbreche ich ihn und muss schlucken.

Außerdem ist mir schrecklich heiß. Ich muss mich irgendwie abkühlen. Mit langen Schritten marschiere ich zum Waschbecken und drehe den Hahn auf, weil ich kühles Wasser über meine Handgelenke laufen lassen möchte. Außer wenigen Tropfen kommt jedoch nichts.

„Äh? Was …", frage ich und schaue ihn irritiert an.

„Was ist?"

„Es läuft nicht."

„Wie?"

„Hier, es kamen ein paar Tropfen, aber … das war es."

„Okay, nicht so schlimm. Wir haben noch welches im Schrank."

Er öffnet eine Tür und zeigt auf den Wasservorrat. Es stehen drei Sixpacks mit jeweils Fünfhundert-Milliliter-Flaschen darin.

„Das wird ja nicht lange reichen", meine ich. „Warum gibt es kein fließendes Wasser?"

„Ich kann mir keinen Reim darauf machen, bisher gab es nie Probleme."

„Na ja. Können wir ja nachher erforschen, vielleicht löst es sich von selbst. Zurück zum Thema: Ling", fahre ich fort und Hunter verspannt sich sofort wieder. „Denkst du, sie könnte es gewesen sein?"

„Nein", sagt er bestimmt.

„Und was macht dich so sicher?"

„Sie ist loyal und absolut integer."

Ich unterdrücke ein Augenrollen.

„Du hast keine Ahnung, wozu Frauen fähig sind, wenn sie eifersüchtig sind."

Ich denke da an die Beziehung meiner Eltern, die so ganz und gar nicht harmonisch gewesen ist. Misstrauen war ein großes Problem, soweit ich das heute weiß jedenfalls. Aber nein, man kann das sicher nicht vergleichen. Eine Büroaffäre und die Ehe meiner Eltern, wie absurd.

„Sie war es sicher nicht, Megan."

Ich weiß nicht, wann er das Messer beiseitegelegt hat und zu mir gekommen ist. Jetzt steht er so dicht neben mir, dass ich seinen einzigartigen männlich herben Geruch inhaliere. Mein Herzschlag beschleunigt sich und ich atme schneller.

Seine Hand liegt beschwichtigend auf meinem Oberarm und seine Augen verweilen mit einem durchdringenden Blick auf mir, der mein Blut zum Kochen bringt. Meine Haut brennt unter seiner Berührung, obwohl sie sich auf meinem Shirt befindet und nicht darunter.

Der Stoff ist jedoch viel zu dünn, als dass er etwas von der Hitze isolieren könnte, die von ihm auf mich übergeht.

„Wer war was nicht?", hauche ich und kann mich nicht von ihm losreißen.

„Ling", erinnert er mich.

„Ach so …"

Gott, ich kann nicht denken, wenn er so dicht bei mir steht. Sein Daumen streichelt mich und sendet kleine Blitze durch meinen Körper. Es braucht nur einen winzigen Kontakt, einen einzigen Funken und das Feuer in meinem Inneren lodert auf. Mir ist klar, dass ich mich zu ihm hingezogen fühle wie zu niemandem vorher.

Ich wünsche mir, dass er die Grenze überschreitet und das mit mir tut, was sich seiner Meinung nach nicht gehört. Ich weiß auch, dass ich ihn nicht dazu drängen darf. Es ist eine Art Katz-und-Maus-Spiel … Die Frage ist nur: Wer ist die Maus?

Er hat mich in der Hand, er ist für mich wie der Speck in der Falle. Verlockend und gefährlich. Denn mir ist bewusst, wenn ich mich ihm einmal hingebe, will ich mehr als nur eine Nacht.

Und ich weiß nicht, ob wir nicht doch aus zu unterschiedlichen Kulturen stammen, als dass wir ein gemeinsames Leben aufbauen könnten.

All das weiß ich, aber es ändert nichts daran. Dieser Augenblick ist magisch. Wir sehen uns wortlos an und die Luft zwischen uns ist spannungsgeladen. Keiner sagt etwas, um den Moment nicht zu zerstören.

Seine Pupillen sind geweitet, seine Lippen leicht geöffnet und laden mich förmlich dazu ein, sie zu küssen.

Ich werde es tun, die Folgen sind mir egal. Ich will mich nicht dagegen wehren, deswegen schließe ich meine Lider.

Das ist die Sekunde, in der er mich loslässt, einen Schritt rückwärtsgeht und zischend ausatmet.

Die Enttäuschung, die sich in mir breitmacht, ist unbeschreiblich. Ich brauche einen Wimpernschlag, um mich wieder zu fangen.

Ich weiß, dass er mich genauso will wie ich ihn. Aber er kann es nicht. Er kann nicht über seine und meine Herkunft hinwegsehen.

„Okay, zurück zur Tagesordnung", überspiele ich meine Frustration. „Wo waren wir?"

Hunter reibt sich den Nacken und hat mir den Rücken zugewandt. Es wäre ein Leichtes, auf ihn zuzugehen und mich an ihn zu schmiegen.

Ich tue es dennoch nicht. Vielleicht, weil ich Angst vor einer erneuten Zurückweisung habe. Damit würde ich nicht klarkommen.

„Ach, Megan", seufzt er, geht zum Herd und dreht das Gas auf.

Es liegt so viel mehr in diesen zwei Worten, es hat keinen Sinn, da jetzt einzusteigen.

„Ich denke, du stimmst zu, dass wir Ling auf die Liste der Verdächtigen aufnehmen sollten?"

Er sieht mich finster an, nickt aber.

„Gut. Wer noch? Wer konnte an deinen Rechner gelangen?"

Ich muss nicht aussprechen, dass es am naheliegendsten ist, dass seine Sekretärin ihn angeschmiert hat. Sie kennt sicher alle seine Passwörter.

„Lass es, Megan", warnt er mich. Ich ahne, worauf er hinauswill, er möchte es nicht wahrhaben, dass jemand, mit dem er im Bett war, ihm etwas Böses wollte.

„Ja, ist ja gut. Wer noch? Wie ist dein Computer gesichert? Ein IT-Mitarbeiter hätte bestimmt auch leichten Zugriff, nicht?"

Er runzelt die Stirn. „Wahrscheinlich. Ich hatte mit niemandem ein Problem."

„Bist du sicher? Ich schlage vor, dass wir da mal nachhaken. Ich werde mit dem IT-Chef reden, alle Kennwörter sind bei ihm hinterlegt. Keiner aus der Abteilung kann sich einfach auf jedem Rechner einloggen, schon gar nicht bei dir als CFO. Das weiß sogar ich. Also rückt er damit automatisch in den Kreis der Verdächtigen."

„Megan, du klingst wie eine Kommissarin."

„Ja." Ich muss lachen. „Das kann sein. Ich will, dass herauskommt, wer dafür verantwortlich ist."

Ich bin ein wenig erleichtert, dass die Stimmung sich wieder halbwegs normalisiert hat. Hunter wirft das Gemüse in den Wok und ein lautes Zischen erfüllt den Raum.

„Was ist mit deinem Nachfolger?"

„Dennis?"

„Ja, habt ihr euch gut verstanden?"

Er zuckt mit den Schultern. „Ja, wir hatten kein Problem."

Ich nage an meiner Unterlippe. „Trotzdem, ich werde ihn befragen, er hätte bis jetzt am meisten davon profitiert. Er hat deinen Job bekommen."

„Das konnte er vorher nicht wissen", wirft Hunter ein.

„Nein, das stimmt. Das konnte er nicht."

„Es ist alles sehr seltsam. Es ergibt keinen Sinn."

„Es ist immer gut, einen Sündenbock zu haben. Hatte er auch was mit Ling?"

Mir gefällt die Vorstellung, dass sie ein Büroflittchen ist. Vielleicht hat sie Hunter ja verführt …

„Das weiß ich nicht. Sie hatte sich in mich verliebt, ich … leider nicht."

„Siehst du, da haben wir das Motiv!" Ich nicke und erhebe meinen Zeigefinger. „Versau es dir nicht mit den Frauen."

Er schnaubt leise und rührt im Wok.

„Gehen wir mal davon aus, dass es nicht Ling war. Wie hätte jemand Zugang zu deinem Rechner bekommen können? Du wirst ja sicher nicht so ein Nullachtfünfzehn-Passwort haben?"

Er sieht mich nicht an, ist sehr beschäftigt mit unserem Abendessen.

„Hunter Kim! Wie ist dein Kennwort?", frage ich alarmiert.

Er verzieht sein Gesicht zu einer Grimasse. „Passwort."

„Was?" Ich blinzele ihn verständnislos an.

„Mein Passwort ist *Passwort*."

Ich taumele völlig von den Socken einen Schritt zurück und setze mich auf den Esstisch – Stühle gibt es ja keine mehr.

„Ach du Scheiße. Das ist nicht dein Ernst!"

„Ich fürchte doch. Ich dachte, da kommt niemand drauf."

„Dir ist schon klar, dass das drittbeliebteste Passwort auf der Welt ‚Passwort' ist? Ich habe neulich erst einen Artikel darüber gelesen und mich noch gewundert, wer so bescheuert sein könnte, das zu tun. Nun ... es scheint, als hätte ich jemanden gefunden."

Ich schüttelte den Kopf und sehe ihn ungläubig an.

„Gott!", seufze ich. „Verdammt, Hunter, damit hast du dir fast das Leben ruiniert."

„Jetzt übertreib mal nicht!"

„*Jetzt übertreib mal nicht?* Ich fasse es nicht!" Ich raufe mir die Haare und haue mir mit der flachen Hand gegen die Stirn.

„Wer hätte denn mit so was gerechnet!", wirft er ein, ich winke ab. „Nein, komm mir bloß nicht damit. Das erhöht den Kreis der Verdächtigen, oder nicht? Fehlt immer noch ein Motiv."

„Motiv. Motiv. Du hast zu viele Krimis gelesen. Manchmal braucht es keins, sondern einfach nur einen Sündenbock."

„Glaubst du das?"

„Ich weiß es nicht. Lass uns essen. Und danach schaue ich mir an, warum das Wasser nicht läuft. Ich bin mir sicher, du fändest es besser, wenn die Klospülung funktioniert und du dich waschen kannst."

Daran hatte ich nicht gedacht. Hoffentlich bekommt er das wieder hin.

Nach dem Marsch vorhin bin ich ausgehungert. Zum ersten Mal, seit ich da bin, vertilge ich die ganze Portion.

10

AM NÄCHSTEN MORGEN drehe ich den Wasserhahn auf und hoffe, dass sich das Problem von alleine gelöst hat. Leider ist das Einzige, was passiert, ein lautes Rumoren in der leeren Leitung, ansonsten tut sich nichts.

„Na wunderbar", murmele ich und schraube den Hahn wieder zu. Gerade heute hätte ich sehr gerne ein heißes Bad genossen; zum einen, weil ich stinke wie ein Iltis, zum anderen, weil jeder Schritt höllisch wehtut. Ich habe einen ausgewachsenen Muskelkater.

Zum Zähneputzen hatte ich mir gestern Abend eine Wasserflasche mit nach oben genommen, aber das ist ja keine Dauerlösung, zumal wir kaum mehr Vorräte haben.

Ich treffe Hunter unten nicht an. Die Haustür steht offen, also gehe ich hinaus und finde ihn, wie er seine Sachen in den SUV räumt.

„Was machst du da?", frage ich ihn.

„Ich packe, was denkst du?"

„Du packst?" Mein Herz setzt einen Schlag aus.

„Wir können hier nicht bleiben – ohne Wasser."

„Du hast die Ursache nicht gefunden?"

„Hier ist alles okay. Es muss eine der externen Zuleitungen sein. Ich kann mich von hier aus nicht darum kümmern. Ich habe es vom Staat gemietet. Es wird dauern, bis das geregelt wird. Eine einsame Villa in Moganshan wird nicht als Priorität behandelt."

„Du klingst, als hättest du Erfahrung."

Er brummt etwas Unverständliches und schlägt den Kofferraum zu. „Holst du deinen Kram, damit wir loskönnen?"

„Ach, und ich werde gar nicht gefragt?", protestiere ich mit vor der Brust verschränkten Armen.

„Nein." Er lehnt sich an die Seite des Wagens und blickt mich resigniert an.

„Na toll. Ganz toll", brumme ich und stapfe zurück ins Haus. Viel habe ich sowieso nicht, nur meine Handtasche. Das war's. In weniger als sechzig Sekunden bin ich wieder draußen. Hunter geht wortlos an mir vorbei und schließt die Tür ab. Ich steige schon mal ein – dieses Mal auf den Beifahrersitz.

Wir fahren los und ich habe keine Ahnung, wie es jetzt weitergehen soll. Die ersten zwanzig Minuten sitzen wir schweigend nebeneinander, nur das Surren des Motors dringt an mein Ohr.

„Wo willst du hin, wenn wir in Shanhgai sind? Hast du deine Wohnung noch?"

„Ich ... habe mir bisher keine Gedanken dazu gemacht", erwidert er und sieht stur geradeaus. „Ich hätte dich ohnehin zurückbringen müssen, es ging nicht mehr länger."

„Wie schön, dass du das so für dich entscheidest. Also, wo willst du hin? Ich gehe davon aus, dass du deine Bude in Shanghai aufgegeben und dafür das Haus in Moganshan angemietet hast?"

„Ja. Das stimmt."

„Das ist ja gerade keine Option."

„Nicht wirklich, aber ich kann mir was Neues suchen. Erst mal ein Hotel."

„Willst du überhaupt in China bleiben?"

„Zumindest, bis wir die Angelegenheit aufgeklärt haben, ja."

„Und danach nicht?"

„Ich habe keine Ahnung."

„Willst du deinen Job nicht mehr?"

„Steht der denn zur Verfügung?"

Ich atme geräuschvoll aus. „Hunter, derzeit geht es in der Abteilung drunter und drüber, glaub mir, mein Dad wird froh sein, wenn du wieder da bist."

„Da bin ich mir nicht so sicher", knurrt er und wirft mir einen kurzen Blick zu.

„Ich mir schon. Also gut, du kommst mit zu mir."

Er reißt den Kopf herum. „Zu dir?"

„Ja, was ist dabei? Mein Zuhause ist groß genug für eine ganze Familie."

„Das meine ich auch nicht …"

„Nein, was dann? Hast du Angst, mit mir alleine zu sein? Keine Sorge, ich überfalle dich nicht. Habe ich bis jetzt nicht getan."

„Sehr witzig, Megan. Sehr witzig."

„Ach, komm!" Ich schlage gespielt gegen seinen Oberarm. „Keine Widerrede", sage ich und nicke bestimmt. „Wir fahren zu mir."

Er schnaubt, antwortet jedoch nichts mehr. Das werte ich als einen kleinen Sieg.

Die restliche Fahrt verläuft ereignislos. Ich wiederhole noch mal die Fakten, die wir bisher zu dem Thema gesammelt haben, und stelle fest, dass wir so gut wie nichts haben, um einen Täter dingfest machen zu können.

Vielleicht sind die Chancen momentan nicht sehr groß, die Sache bald aufzuklären. Ich bin jedoch wild entschlossen, das durchzuziehen.

Das bin ich ihm schuldig. Hätte ich ihm gleich geglaubt, dass er mit dem Verrat nichts zu tun hat, hätte er das Unternehmen gar nicht erst verlassen müssen. Wenn ich mir vorstelle, wie er in den letzten Wochen gelitten haben muss, wird mir schlecht.

Warum mir nicht vorher klar gewesen ist, dass Hunter nie im Leben so blöd sein würde, dass er brisante Informationen von seinem Account schicken würde, ist mir jetzt schleierhaft. Wahrscheinlich liegt es aber daran, dass ich selbst unter immensem Druck stand, und meine Pflichten haben mich schier erdrückt.

Jetzt sehe ich alles viel klarer: Niemand wäre so dämlich, uns so stümperhaft zu hintergehen, selbst niemand, der sein Passwort „Passwort" nennt.

Ich erkläre ihm, wo ich genau wohne, obwohl er das vermutlich weiß. Immerhin hat er mich wenige Meter vor meiner Haustür entführt.

„Ist es überhaupt dein Auto?", will ich von ihm wissen.

„Warum? Gibt es keinen Parkplatz?"

„Doch, in der Tiefgarage."

„Es ist meins, ja."

„Hat es schalldichtes Glas?"

„Hä?"

„Na, auf der Hinfahrt ... Ich habe so laut geschrien, aber keiner hat mich gerettet."

„Ach, Megan, du glaubst nicht, wie egal es Menschen ist, wenn jemand Hilfe braucht. Ich schätze, es hat dich wahrscheinlich keiner gehört. Es war erschreckend einfach, dich mitzunehmen."

„Im Nachhinein betrachtet fand ich es ganz gut ... Nicht das mit dem Klebeband und so, aber ... Moganshan ist schön, ich bin froh, es mal gesehen zu haben."

Hunter schüttelt ungläubig das Haupt. „Du bist eine erstaunliche Frau, Megan."

„Bin ich das?", echoe ich und schon wieder flattert etwas in meinem Magen, das da nicht sein sollte. „Hey, da musst du links!", stoße ich hervor, als ich sehe, dass wir beinahe die Abzweigung verpasst hätten.

Er reißt das Steuer gerade noch herum und wir wären damit um ein Haar in einem Taxi gelandet, das uns auf der Gegenfahrbahn entgegengekommen ist.

„Puh. Vielleicht nehme ich das nächste Mal doch lieber wieder die Tüte über den Kopf, das kann man sich ja nicht mit ansehen!", scherze ich und kichere wie ein kleines Mädchen.

„Sehr lustig, wirklich." Hunter verzieht seinen Mund, aber die restliche Strecke schaffen wir es – ohne weiteren Zwischenfall – bis in die Tiefgarage des Wohnhauses, in dem ich lebe.

Es ist seltsam, in meine Wohnung zurückzukommen. Es hat sich nichts verändert. Als Erstes stelle ich die Klimaanlage etwas wärmer – wie immer – und schlüpfe dann aus meinen Ballerinas. Ich fürchte, nach dem gestrigen Gewaltmarsch durch den Wald kann ich nichts mehr damit anfangen, als sie wegzuwerfen. Aber das macht nichts, ich habe genügend andere Schuhe im Schrank.

„Herzlich willkommen", sage ich zu Hunter, der gerade die Haustür hinter sich schließt und seinen Koffer neben sich abstellt. Er tritt einen Schritt nach vorne und sieht sich um.

„Danke."

„Fühl dich bitte wie zu Hause. Hier geradeaus kommt man in die Küche und ins Wohnzimmer, hier vom Flur aus geht es ins Bad, hier ist mein Arbeitszimmer, dort das Gästezimmer und ein weiteres und mein Schlafzimmer natürlich."

„Ein wahres Labyrinth", scherzt er und zieht sich die Schuhe aus.

„Soll ich dir alles zeigen?"

„Nein, nicht nötig. Wo soll ich schlafen?"

Ich stoße eine Tür auf. „Das ist mein Zimmer, das ist also belegt. Die Gästezimmer sind hier." Ich gehe voraus und öffne die anderen beiden Türen.

„Ziemlich ... luxuriös", meint er und spitzt hinein. „Bist du dir sicher?"

„Womit?"

„Dass ich hier bleiben soll?"

„Sei nicht albern, Hunter. Natürlich! Und bitte, fühl dich wie zu Hause."

Er atmet tief ein und aus. „Vielen Dank."

„Hör auf, so förmlich zu sein. Soll ich uns was zu essen bestellen? Es ist Stunden her seit unserer letzten vernünftigen Mahlzeit."

„Das kann ich auch machen."

„Okay, dann such was aus. Ist es in Ordnung, wenn ich kurz dusche? Ich würde gerne mal was *wirklich* Sauberes anziehen." Ich sehe schief grinsend an mir hinunter und dann zu ihm auf. „Und wenn ich fertig bin, reden wir noch mal, ja? Wie wir weiter vorgehen und so."

Er nickt und zückt sein Smartphone, vermutlich um nach einem Lieferservice zu suchen.

Während das warme Wasser über mich finnt, fällt mir ein, dass der Kühlschrank sicher mit dem Essen der letzten Tage voll ist. Ich hatte ganz vergessen, meiner Haushälterin Bescheid zu geben, dass sie das alte Zeug entsorgen soll, und dann war der Akku leer.

Na egal, das ist nicht so dramatisch. Ich schicke ihr nachher eine Nachricht, dass ich wieder da bin, gebe ihr morgen frei und kümmere mich selbst darum. Jetzt genieße ich es erst mal, das heiße Nass über meine verspannten Muskeln laufen zu lassen.

Gott, wie glücklich ich bin, dass ich ein so gut riechendes Shampoo habe. Ich glaube, ich war noch nie so dankbar für meine Kosmetika wie heute.

Ich schlüpfe, nachdem ich mich abgetrocknet und geföhnt habe, in einen Jogginganzug und gehe ins Wohnzimmer. Hunter sitzt auf dem Sofa und starrt aus dem Fenster.

Sein schwarzes Haar glänzt feucht und eine Strähne hängt ihm in die Stirn. Offenbar hat er auch geduscht. Ich unterdrücke den Impuls, sie ihm aus dem Gesicht zu streichen.

Auf dem Küchentresen stehen zwei weiße Tüten, wahrscheinlich ist unser Abendessen darin. Habe ich echt so lange gebraucht?

„Einen Penny für deine Gedanken", sage ich leise, und er sieht zu mir auf.

„Ich bin mir nicht sicher, ob du das wirklich wissen willst." Der dunkle Tonfall seiner Stimme löst eine Gänsehaut bei mir aus.

„Und wenn doch?" Ich trete einen Schritt näher zu ihm und bemerke, wie er sich anspannt.

Er beäugt mich mit einem gequälten Gesichtsausdruck. „Megan, das ist keine gute Idee." Er schüttelt den Kopf, lässt mich keine Sekunde aus den Augen.

„Warum nicht?"

Er stöhnt verhalten und fährt sich durch die Haare. „Verdammt."

Mit einem Satz ist er auf den Beinen und steht plötzlich so dicht vor mir, dass uns nur wenige Zentimeter trennen.

„Hunter", wispere ich. Mein Puls beschleunigt sich, als ich in seine mandelförmigen Augen blicke und die Entschlossenheit darin erkenne. Er legt seine Finger an meine Wange, mit der anderen zieht er meine Hüften an sich heran und verringert den Abstand zwischen uns weiter. Ich berühre seine Brust und spüre seinen wilden Herzschlag unter meinen Fingern.

„Ich kann mich nicht mehr länger von dir fernhalten, Megan. Ich kann es nicht. Ich will es nicht. Sag du mir, dass ich dich in Ruhe lassen soll. Bitte."

Seine Stimme ist belegt und heiser.

Ich denke gar nicht daran. Im Gegenteil, ich dränge mich noch enger an ihn.

„Lass mich nicht los, Hunter", flüstere ich. „Halt mich fester."

Er keucht, als ich meine Hand in seinen Nacken lege.

„Ich weiß, es ist nicht richtig …", fängt er an, aber ich unterbreche ihn sofort.

„Vergiss es, Hunter. Lass mich einfach nur Megan sein. Das ist das Einzige, was ich von dir verlange."

„Ich … begehre dich. So sehr, Megan. So sehr. Seit unserem Kuss kann ich an nichts anderes mehr denken als an dich. Immer nur an dich."

Und dann senkt er endlich seine Lippen auf meine und verdirbt mich für immer.

Es ist, als hätte er einen Schalter umgelegt. Mit einem Seufzen gebe ich mich ihm hin und koste all die süßen Empfindungen aus.

Seine Zunge streicht über meine Unterlippe, dann knabbert und saugt er daran. Er fährt an meiner Wirbelsäule auf und ab. Unser Atem vermischt sich und wird eins. Es ist, als wären wir füreinander geschaffen, alles passt so perfekt zusammen, dass ich mich nie wieder von ihm lösen will.

Wir küssen uns heftiger. Ich dränge mich an ihn und spüre seine Erregung, greife in sein Haar und halte mich daran fest. Ich will mehr, so viel mehr.

Ich stöhne, er keucht und lässt doch keine Sekunde von mir ab. Es ist, als wäre ein Damm gebrochen, und nun will die aufgestaute Leidenschaft mit einer Urgewalt aus uns herausbrechen.

Plötzlich hebt er mich hoch, schlingt meine Beine um seine Hüften und trägt mich in mein Schlafzimmer. Dort legt er mich sanft ab und setzt sich zu mir aufs Bett. Ich sehe ihn mit verhangenem Blick an.

„Komm mit", fordere ich ihn auf und strecke ihm die Hand entgegen. Mit nur einer Bewegung reiße ich mir das Shirt über den Kopf – darunter trage ich nur noch einen Spitzen-BH.

Er fährt mit seinen Fingerkuppen über meine Haut und hinterlässt brennende Spuren an den Stellen, an denen er mich berührt.

„Oh", entfährt es mir, als er meinen Hals mit heißen Küssen bedeckt. Ich ziehe ihn ungeduldig zu mir, dabei versuche ich, ihm die Hose von den Beinen zu zerren.

In meiner Hektik bin ich unsicher und mir gelingt es nicht sofort. Dann kommt er mir zur Hilfe. „Hey ... Wir haben Zeit ... oder nicht?", fragt er mich mit rauer Stimme.

„Ja ... und nein", erwidere ich grinsend, als die Hose endlich abgestreift ist.

Er trägt nur Shirt und Boxershorts. Noch nie war ich mir einer Sache so sicher wie dieser.

Ich merke, dass er erfahren ist, wahrscheinlich viel erfahrener als ich. Es gehört nicht viel dazu, für Affären oder Beziehungen hatte ich nie Zeit.

„Was ist, Megan?", will er wissen, als er bemerkt, dass ich zögere.

Vielleicht ist jetzt die richtige Gelegenheit, um es ihm zu sagen.

„Ich ... hatte noch nie ...", fange ich stotternd an.

Er sieht mich aus seinen großen, dunklen Augen an. „Du bist ...?"

„Nein, keine Jungfrau ... Aber ich bin nicht sehr ... Ich hatte noch nie einen ..."

O Gott. Es ist so peinlich. Beschämt wende ich mich ab. „Wenn ich alleine bin, dann ist es kein Problem, nur bei einem Mann ... hatte ich noch nie einen Orgasmus."

So. Jetzt ist es raus und ich fühle mich irgendwie erleichtert.

Er legt mir seine Hand auf die Wange und dreht meinen Kopf so, dass ich ihn ansehen muss. Die Wärme und das Verständnis in seinem Blick genügen, um meine Zweifel auszuräumen.

„Es ist okay, Megan. Ich werde dich zu nichts drängen. Wir lassen uns Zeit, sodass es schön für dich ist."

„O Hunter, ich danke dir. Aber ... ich glaube, ich will gar nicht langsam."

Mein Gesicht brennt. „Ich sollte aufhören zu reden, ich habe schon zu viel gesagt", brumme ich und ziehe ihn zu mir, dass ich endlich wieder seine herrlich sündigen Lippen auf meinen spüren kann.

Seine Hände sind überall, meine Nägel streichen in wilder Unruhe über seinen Rücken. Weil er keine Anstalten macht, mich zu entkleiden, streife ich mir meine Jogginghose und den Slip selbst vom Körper.

„Megan", keucht er, als ich an seiner Shorts nestele. Er hält meine Hand fest. „Hey, keine Eile, ja?"

Ich atme schwer. „Ich will dich, Hunter."

„O Gott, Megan. Ich will dich so sehr ... Trotzdem. Bitte."

Er lässt mich los, zieht sich das Shirt über den Kopf und sitzt auf den Knien neben mir. Ich bewundere einen Moment seinen Oberkörper, der mit einem leichten Schweißfilm überzogen ist. Jeder Muskel tritt hervor und ich gebe dem Verlangen nach, die Konturen seiner Silhouette nachzufahren.

Er beugt sich über mich, öffnet den Verschluss meines BHs, bis ich schließlich nackt vor ihm liege.

„Du bist so schön", flüstert er und bedeckt mein Dekolleté mit hauchzarten Küssen. Er knetet meine Brüste, bis ich mich vor Begehren unter ihm winde.

Das Ziehen in meiner Mitte ist süß und unerträglich. Ich brauche mehr. So viel mehr. Mit fahrigen Bewegungen streife ich seine Shorts ab, benutze meine Füße dazu, sie von seinen Beinen zu zerren. Ich umfasse seine Erektion, spüre die samtige Haut unter meinen Fingern und Hunter keucht auf.

„Megan! O Gott!" Mit einem Ruck hält er mich auf. „Du solltest das lassen!"

Es gibt mir so viel zu sehen, wie stark er auf meine Berührungen reagiert, und mir geht es genauso. Er rückt ein Stück tiefer und saugt an meiner Brustwarze, seine andere Hand streicht über meinen Körper und versetzt mich in diesen tranceartigen Zustand der Erregung.

Ich weiß nicht mehr, wo oben und unten ist, sehe Sternchen und will nur, dass das Pochen zwischen meinen Beinen gestillt wird.

Ich bin ungeduldig und will, dass er mich endlich nimmt. Ich will, dass er seinen Schwanz in meiner Nässe versenkt und mich ganz ausfüllt.

Meine Hände klammern sich an ihn, während ich meinen Kopf unruhig hin und her werfe.

„Es sind …. Kondome hier …" Ich taste mich zu meinem Nachttischschrank vor, ziehe die Schublade auf und fische nach einem Präservativ. Ich reiche es ihm und er schaut mich an. „Machst du es für mich?"

Ich soll es machen?

Ich hab so was noch nie …

Ich kann das nicht.

Er reicht mir das Kondom, zuvor reißt er die Packung auf und setzt sich neben mich. „Wir machen es zusammen."

Er schenkt mir einen glühendem Blick und ich nicke.

Mit ihm ist alles so anders. So viel schöner. Hunter nimmt meine Hand in seine, mit der anderen holt er das Kondom heraus. Er drückt den kleinen Zipfel zusammen und hält ihn über seine feucht glänzende Eichel. „Streif du es herunter, ich halte hier oben."

Ich bin nervös, kann den Blick jedoch nicht abwenden. Wir sitzen uns gegenüber, jetzt legt er meine Hand um seinen Schwanz, der unter meiner Berührung pulsiert. „Und jetzt mit der anderen … streif es herunter, ganz langsam, Megan."

Ich schlucke und tue, worum er mich gebeten hat. Der Augenblick ist so erotisch, dass ich leise seufze. Hunter stöhnt und wirft den Kopf zurück. „O ja, Megan. Ja."

Als ich fertig bin, öffnet er die Augen und sieht mich mit geöffnetem Mund an. „Wie willst du mich, Megan?", fragt er mich mit dunkler Stimme.

Ich bin nicht besonders gut im Dirty Talk, habe so was noch nie gemacht. Ich weiß einfach nur, dass ich ihn tief in mir spüren will. Deswegen lege ich mich auf den Rücken und ziehe ihn mit mir. „Komm zu mir, Hunter. Ich brauche dich."

Er spreizt meine Beine sanft und ich warte auf den Moment, dass es wehtut, an Gleitgel habe ich gar nicht gedacht. Das hilft normalerweise. Ich fühle ihn an meinem Eingang, hart und groß.

Zu meiner völligen Überraschung ist es nicht unangenehm. Ich warte. Dann öffne ich meine Lider.

„Was ist los?", frage ich ihn und er sieht mich mit einer liebevollen Wärme an, beginnt mich zu streicheln. Dort, an meinem empfindlichsten Punkt, an dieser einen Stelle, an der alle meine Nervenenden zusammentreffen.

Ich schreie leise auf, weil die Berührung so intim und intensiv ist. Sanft massiert er meine Klitoris, bis mein Atem schneller geht und ich die Augen schließe, weil die Lust die er mir bereitet, beinahe unerträglich wird. „Sieh mich an, Megan!"

Nur widerwillig öffne ich meine Lider, ich bin verletzlich, habe Angst, zu viel mit ihm zu teilen. Zu viel von mir preiszugeben.

„Ich will, dass du dich gut daran erinnerst, wer dich das erste Mal zum Höhepunkt bringt, Baby. Ich will, dass du mich ansiehst, wenn du kommst, Megan."

„O Gott", ist das Einzige, was ich hervorbringe, als er mit einer kraftvollen Bewegung in mich eindringt. Er füllt mich vollständig aus und hält inne. Ich warte auf den Schmerz, aber da ist nichts ... nichts als Behagen und das Bedürfnis nach mehr.

„Hunter", stoße ich keuchend hervor.

„Was ist, Baby?" Er fängt an, seine Hüften kreisen zu lassen. Sein Becken stößt immer wieder zu, gefühlvoll und betörend.

„Es ist ... gut", wispere ich.

Wir sehen uns in die Augen und ich genieße jede Sekunde, die er in mir ist. Hunter nimmt meine Beine und legt sie sich um die Hüften. „So kann ich tiefer in dir sein", knurrt er und die Anstrengung ist ihm deutlich auf dem Gesicht anzusehen. Es scheint ihn große Mühe zu kosten sich zurückzuhalten.

„Du bist so bereit, Megan. Du bist so sinnlich, dass ich sofort kommen könnte, aber ich will nicht, dass es ruckzuck vorbei ist. Du hast so viel mehr verdient."

„Beweg dich schneller", bitte ich ihn, als es mir behutsam und vorsichtig nicht mehr ausreicht. Das Ziehen in meiner Mitte wird stärker und ich will ihn härter, will ihn intensiver fühlen.

Noch nie habe ich Sex so erlebt wie mit ihm. Alle Nervenenden in mir sind zum Zerreißen gespannt.

Gerade, als ich glaube, es nicht mehr länger aushalten zu können, legt er eine Hand zwischen ihn und mich und streichelt meine Klitoris als zusätzliche Stimulation.

Ich bin völlig überrascht und schreie laut auf. „Hunter! Gott, Hunter! Ja!"

„Ich liebe es, wie du meinen Namen sagst. Was soll ich tun?", presst er schwer atmend hervor. Eine Ader zeichnet sich auf seiner Stirn ab und kleine Schweißperlen laufen ihm über den Nacken.

„Hunter, halt dich nicht zurück ..."

Er seufzt und gibt mir, was ich brauche. Ich bin so kurz davor, so kurz vor dem Gipfel der Erlösung, dass mir die Tränen in die Augen schießen. Ich spüre, wie der Strudel der Lust an mir zu saugen beginnt, sich meine Fußzehen in das Laken krallen und meine Beine unkontrolliert zu zittern beginnen. Mit jedem Mal komme ich dem Höhepunkt ein kleines Stückchen näher. Ich atme keuchend, stoße spitze Schreie aus, während ich mich mit ihm im gleichen Rhythmus bewege.

„Sieh mich an, wenn du kommst, Megan. Ich will, dass du mich ansiehst."

Ich bin wie im Rausch, habe meine Lider geschlossen und plötzlich hört er auf. Ich fühle mich beraubt, winde mich unter ihm und schaue ihn unzufrieden an.

„Was?", frage ich schwer atmend.

„Ich will, dass du mich ansiehst, Megan."

„Mach weiter, Hunter", flehe ich ihn an und verliere mich im Samtbraun seiner Iriden.

„Gut so, Baby." Ich spüre, wie er seine Hüften langsam kreisen lässt, immer schneller nehmen sie ihren Takt wieder auf, unsere Blicke sind ineinander verhakt. Und dann passiert es. Ohne weitere Vorwarnung. Hart und unnachgiebig bricht der Orgasmus über mich ein.

Ich schreie so laut, dass ich befürchten muss, meine Stimmbänder werden einen Schaden davontragen. Meine Vagina krampft sich um sein Geschlecht zusammen. Ich sehe nur Hunter, der Rest verschwimmt in einem Meer aus Farben.

Ich bin in einer anderen Welt, alle meine Muskeln verkrampfen und entkrampfen sich und katapultieren mich ins Paradies. Nur am Rande bemerke ich, dass Hunter sich über mir verspannt und er ebenfalls seine Erlösung findet.

„Megan ...", flüstert er matt, nachdem er auf mir zur Ruhe gekommen ist. Er schiebt mir eine feuchte Strähne hinters Ohr. „Ist ... alles in Ordnung? War ich zu grob?"

„Nein", ich schüttele den Kopf. „Es war ... perfekt."

„Gut", gibt er zurück und stupst seine Nase an meine Wange. „Das ist gut."

Er rollt sich von mir und zieht mich in seine Arme. Das Kondom streift er ab und wirft es zur Seite. Ich ziehe die Decke über uns und schmiege mich an ihn.

Ich weiß nicht, was ich sagen soll, bin noch immer berauscht und – zutiefst befriedigt. Und doch ist da etwas in mir entfacht worden, das schon wieder ...

Ich streiche mit den Fingerkuppen über seine Brustmuskeln und hänge meinen sündigen Gedanken nach. Jetzt, da ich weiß, wie es sein kann, will ich definitiv mehr davon.

„Was meintest du vorhin, Megan?", fragt er mich und ich sehe ihn mit einem Stirnrunzeln an.

„Äh? Wie?"

„Du hattest noch nie einen Orgasmus mit einem Mann?"

Ach, das meint er. Ich hätte es nicht erzählen sollen, es ist mir irgendwie peinlich. Sonst bin ich immer die Starke, aber das ist so ... intim. Ja, klar, nach allem, was ich eben mit ihm erlebt habe, sollte es kein Problem sein, darüber zu reden.

Es ist eine Sache, es zu tun, eine andere, es mit Worten zu beschreiben. Ich spüre, wie ich knallrot anlaufe.

„Ja, es ist so. Ich bin nicht sehr erfahren, Hunter."

Das ist milde ausgedrückt. Natürlich hatte ich schon Sex, allerdings hat es mich nie befriedigt, nicht so, dass ich es häufiger hätte tun müssen. Mit ihm ist es schöner. Vollkommen.

„Ich muss ehrlich zugeben, das freut mich." Er grinst mich verschmitzt an und gibt mir einen Schmatzer auf die Stirn. „Und keine Angst, ich bin nicht auf der Suche nach Komplimenten"

„Das ist gut … Ich denke, du hast auch so gemerkt, dass ich meinen Spaß hatte."

„Hm?"

„Aber sicher!", lache ich und bedecke seinen Oberkörper mit Küssen. Bei ihm fällt es mir so einfach, das zu tun, was mir in den Sinn kommt. Ich habe beinahe keine Hemmungen, weil er mir das Gefühl gibt, perfekt zu sein. Vielleicht lag es früher daran, dass ich alles richtigmachen wollte und mich so verkrampft habe, dass am Ende gar nichts mehr ging.

Was auch immer es gewesen sein mag, bei Hunter ist es nicht so. Es ist gänzlich anders. Er ist mein Brandbeschleuniger, mein Kerosin.

Meine Herzfrequenz erhöht sich sofort, als ich seine Hände auf meiner Haut wandern spüre. Er umfasst meinen Po und zieht mich sanft an sich. Ich bin überrascht, dass er schon wieder kann, aber ja, der eindeutige Beweis seiner Standfähigkeit drückt sich gegen meinen Bauch.

„So unersättlich, Mr. Kim?", necke ich ihn und zwicke ihn in seine Brustwarze.

„Au. Und ja, ich kann nicht genug von dir bekommen, Megan. Du bist etwas ganz Besonderes. Du bist der hellste Stern in meinem Universum."

Gott, ich könnte diesen Mann lieben, wenn er solche Dinge zu mir sagt.

„Pass auf, dass du nicht zu nett zu mir bist, ich könnte dich sonst für immer hier festhalten", scherze ich mit dieser Anspielung auf seine Entführung.

„Vielleicht hätte ich nichts dagegen." Und dann verschließt er meinen Mund mit seinem und lässt mich alles um mich herum vergessen.

11

IN DEN LETZTEN TAGEN habe ich das Bett buchstäblich nur verlassen, um etwas zu essen oder mich frischzumachen. So langsam, fürchte ich, muss ich wieder halbwegs in die Realität zurückkehren. Zwischen Hunter und mir ist es, als wären wir seit Jahren ein Paar. Wir schweben in einer rosaroten Blase und ich wünschte, ich müsste niemals mit einer Nadel hineinpiksen und sie platzen lassen.

Spätestens heute Abend ist es jedoch so weit, denn es ist Donnerstag und es steht unser wöchentliches Familienessen im Haus meines Vaters an. Ich denke, das ist ein guter Zeitpunkt, um nach meinem vermeintlichen Urlaub auf Macao einen Schritt zurück ins echte Leben zu wagen.

Mit Hunter habe ich noch nicht darüber geredet, aber ich bin mir sicher, er weiß, dass es nicht für immer so weitergehen kann. Leider. Außerdem müssen wir mit der Suche weiterkommen. Ich will, dass er rehabilitiert wird und wieder seinen Posten als CFO besetzen kann.

Ich krieche zu ihm unter die Decke und schmiege mich an ihn. „Hey", flüstere ich.

„Hey", murmelt er verschlafen. „Wie spät ist es?"

„Kurz nach neun."

„Dann sollten wir mal frühstücken und aufstehen, oder?"

„Ich weiß nicht", necke ich ihn und zupfe mit meinen Zähnen an seinem Ohrläppchen.

„Doch, ich mache uns was", erwidert er wenig motiviert, etwas an seiner Position zu verändern. Seine Lider sind geschlossen und er genießt meine Liebkosungen ganz augenscheinlich.

„Hunter ...", beginne ich und er sieht mich an.

„Was ist los?"

Ich kratze mich am Kopf und weiche seinem Blick aus. „Ich schätze, irgendwann muss ich mal wieder arbeiten."

Er seufzt. „Ja, das habe ich befürchtet." Er zieht mich in seine Arme und streicht über mein Haar.

„Wir müssen auch endlich mit unseren Nachforschungen weiterkommen, es gibt schließlich immer noch einen Verräter im Büro."

„Hm", macht er nur wenig begeistert.

„Ich bin mir sicher, ich finde heraus, wer es ist."

Er runzelt die Stirn. „Ich weiß es nicht."

„Hör auf, so schwarzzusehen, Hunter."

„Bisher hatte ich nicht viele Gründe, positiv zu denken."

„*Ich* habe dir geglaubt!", protestiere ich.

„Du hast mir geglaubt, ja." Er verzieht seinen Mund zu einem spöttischen Grinsen. „Dich habe ich ja auch anders überzeugen müssen ... Musste dich erst mal entführen und dann ..."

Er zieht mich noch enger an sich und leckt über meinen Hals.

„Hunter! Ich meine es ernst. Hör auf, mich abzulenken!", beschwere ich mich. Aber seine Hände, die er jetzt auch noch über meinen Körper wandern lässt, machen es mir unglaublich schwer, mich darauf zu konzentrieren, was ich eigentlich mit ihm habe besprechen wollen …

Sehr viel später sitzen wir in einem Café in der Nähe der Nanjing Road und essen eine Kleinigkeit. Es fühlt sich seltsam für mich an, mit ihm nicht mehr nur in meiner Wohnung zu sein. Der erste Schritt raus aus der Blase, denke ich und stochere in meinem Salat herum. Mein ganzes bisheriges Leben kommt mir heute wie eine farblose Kopie der neuen Megan vor.

Gott, ich habe so viele tolle Sachen verpasst. Okay, vor allem habe ich Sex verpasst. Absolut heißen Sex. Ich kann gar nicht genug von Hunter bekommen und frage mich manchmal, was er wohl an mir findet.

Nichts an mir ist besonders, ich habe kinnlange braune Haare, eine ganz normale Figur – weder zu dick noch zu dünn – und bin weit davon entfernt, irgendwie sexy und aufregend zu sein. Aber ihn scheint es nicht zu stören, und ich bin froh darüber.

Er hingegen ist eine glatte Zehn …

„Ist es in Ordnung, wenn ich heute Abend kurz zu meinem Vater fahre?", frage ich endlich, was ich schon vor Stunden hatte klären wollen.

Er sieht von seinem Burger auf. „Ja, sicher."

„Du bist nicht sauer, dass du nicht … mitkommst?"

„Nein, Megan. Ist mir schon klar, dass das noch nicht geht. Oder … meinst du das generell?" Hunter beäugt mich skeptisch und ich ahne, dass er sich wieder diese dämlichen Gedanken darüber macht, dass wir aus unterschiedlichen Welten kommen, und all dieser Quatsch.

Irgendwann musste die Frage ja auftauchen.

„Nein, ich meine es nicht generell. Natürlich nicht! Ich hatte gehofft, das wäre dir so langsam mal klargeworden. Aber wie die Lage ist, würde er nur ausrasten und mich für befangen erklären, wenn ich dann damit anfange, dass du unschuldig bist. Das ist doch offensichtlich. Ich muss erst den Täter finden, und wenn du rehabilitiert bist, dann machen wir unsere Beziehung öffentlich."

Er schaut finster drein und taucht eine Pommes in den Ketchup. „Und wenn wir denjenigen nicht finden, der mich gelinkt hat? Es kann unter Umständen Monate dauern."

Dann haben wir ein Problem.

„Das wird nicht passieren." Man muss einfach positiv denken, ich bin mir sicher, dass ich es aufklären kann.

„Hmpf."

„Hey", ich lege meine Hand auf seine, „entspann dich. Es kann sich nur um ein paar Tage handeln, okay? Lass es uns genießen. Die Zweisamkeit, meine ich. Mein Clan kann sehr anstrengend sein."

Das ist eine Untertreibung sondergleichen. Dieser Weiberhaufen kann einem den letzten Nerv rauben, aber ich liebe sie trotzdem alle wie verrückt, auch wenn ich es nicht immer so gut zeigen kann. Ich habe schon als Kind lernen müssen, dass Emotionen manchmal hinderlich sein können.

Nach dem Verschwinden meiner Mum musste ich immer stark sein, um für meine kleinen Schwestern zu sorgen. Das macht etwas mit einem. Es hat etwas in mir verändert, und ich glaube, seit ich mit Hunter zusammen bin, kommt einiges, das lange verborgen war, wieder zum Vorschein. Es ist ein wahnsinnig tolles Gefühl, aber auch ein wenig beängstigend.

„Ja, lassen wir das." Er klingt frustriert, und ich bin hilflos, was das angeht. Vielleicht hätte ich ihn nicht an meine Familie erinnern sollen. Ich weiß, dass er immer noch denkt, er würde nicht zu mir, nicht in mein Leben passen. Aber da irrt er sich. Irgendwann wird er es begreifen. Das hoffe ich jedenfalls.

„Sollen wir noch ins Kino gehen?", frage ich ihn, um das Thema zu wechseln. Es macht ja keinen Sinn, sich darüber den Kopf zu zerbrechen.

„Wenn du meinst", murmelt er und schiebt den Teller beiseite.

Ich denke, ein guter Actionfilm wird ihn auf andere Gedanken bringen. Ich gebe dem Kellner ein Zeichen, dass wir bezahlen wollen, und hole meine Karte aus dem Portemonnaie.

„Ich mache das", zischt er und holt seine Kreditkarte heraus.

„Schon gut, kein Problem", versuche ich einzulenken, es ist doch kein Ding, wenn ich die Rechnung übernehme.

„Nein", beharrt er.

„Okay, wie du willst."

Ich will nicht, dass er sich noch schlechter fühlt. Wenn es ihm besser geht, wenn er mich auf einen Salat einladen kann, dann soll er es bitte tun, auch wenn es albern ist.

„Kino geht ja gar nicht, ich muss doch zu meinem Vater nachher", fällt mir siedend heiß wieder ein. Verdrängen scheint bei mir doch ganz gut zu funktionieren.

„Ich habe mich schon gewundert."

„Lass uns noch etwas spazieren gehen, heute ist es nicht so schwül", wechsele ich das Thema.

Ich gebe ihm einen Kuss auf den Mund und ziehe ihn hoch. Obwohl er nach wie vor finster dreinschaut, hat er nichts dagegen, dass ich meine Hand in seine lege.

So schlendern wir eine Weile über die Haupteinkaufsstraße Shanghais, bevor wir ein Taxi nehmen, ich Hunter bei mir zu Hause rauslasse und dann weiter zum Anwesen meines Vaters fahre.

Ich hätte mich vielleicht noch mal frischmachen sollen, denke ich, während ich darauf warte, dass die Tür geöffnet wird, aber nun ist es zu spät. Es muss auch so gehen.

„Megan", ruft Emma und strahlt mich an. „Du bist wieder da?"

„Hi, Emma", erwidere ich und drücke ihr einen Schmatzer auf die Wange. „Sieht so aus. Bin ich zu spät?"

Sie lacht und tritt zur Seite. „Nein, bist du nicht. Es hat sich nichts geändert, nur weil du ein paar Tage weg warst."

Na immerhin. „Wer ist denn schon da?"

„Kate und deine Großmutter, dein Vater zieht sich gerade um, und Helen … das weiß ich nicht."

Oha. Es liegt nach wie vor Spannung in der Luft. Auch das hat sich also nicht geändert.

„Gut, dann schau ich mal, wo ich sie finde."

„Sie sitzen im Salon, wenn du Kate und deine Granny meinst", informiert sie mich.

Ich atme den vertrauten Odeur dieses Hauses ein und begebe mich auf den Weg zu ihnen.

„Hallo", mache ich mich bemerkbar, weil die beiden in ein angeregtes Gespräch vertieft sind.

„Die Urlauberin!", ruft Kate lächelnd und springt auf mich zu. Sie beäugt mich von oben bis unten. „Na, besonders viel in der Sonne gelegen hast du wohl nicht?"

Sie drückt mich an sich und ich erwidere ihre Umarmung. Der Geruch ihres Shampoos steigt mir in die Nase und erst jetzt bemerke ich, wie viel ich meine Familie vermisst habe.

„Es gibt Sonnencreme, weißt du?", murmele ich in ihr blondes Haar, löse mich dann von ihr und gehe zu meiner Großmutter.

„Hi, Granny", sage ich und drücke sie kurz.

„Hallo Kind, wie gut, dich zu sehen. Hier war ja vielleicht was los", plappert sie und wedelt mit ihrer faltigen Hand vor ihrem Gesicht.

Ich unterdrücke ein Augenrollen. Ja, ich kann es mir vorstellen.

„Ist es wirklich so schlimm, wenn ich ein paar Tage verreise?", murre ich mit zusammengekniffenen Augen.

„Lass dir nichts einreden, Schwesterchen." Kate lässt sich wieder in einen der Sessel nieder und greift nach ihrem Glas. „Du hast es richtiggemacht, also meine Unterstützung hast du."

„Danke, Kate. Was hast du da?" Ich zeige auf ihr Getränk.

„Selbstgemachte Zitronenlimonade. Köstlich, solltest du mal probieren."

„Ja, klingt gut." Ich gehe zum Tablett, das auf einem Servierwagen steht, gieße mir etwas aus einer Kristallkaraffe ein und wende mich dann zu den beiden um: „Sonst noch wer?"

„Nein, danke. Wir sind bedient", meint meine Oma und nippt an ihrer Limonade.

„Wer kommt heute alles?", erkundige ich mich und pflanze mich auf einen Hocker.

„Ich denke Tessa, sie ist vorgestern aus L.A. gekommen. Virginia ist noch in *Down Under* und Ashley ... das weiß ich nicht."

Granny schnaubt. „Habt ihr gesehen, wie sie auf der Vernissage letzte Woche gekleidet war? Ich bin ja fast aus allen Wolken gefallen und wäre am liebsten sofort wieder gegangen. Puh!", stöhnt sie und greift sich an die Schläfe. „Das Kind macht mir Sorgen."

Kate und ich tauschen einen Blick.

„Was hat sie denn angehabt?", frage ich und Kate zückt ihr Smartphone.

„Ich habe ein Foto von ihr, ich sag dir, krass." Sie lacht und sucht danach.

„Hier ist es!", ruft sie und hält mir dann den Bildschirm vor die Nase.

„Ach du meine Güte", entfährt es mir. „Beinahe hätte ich sie nicht erkannt! Seit wann ist sie blond?"

Ashley trägt einen Einteiler, eine Art Catsuit, der über und über mit Spitze verziert ist, dazu einen breiten Gürtel um die Taille. Ihre Schultern sind frei, der Catsuit ist ärmellos und die Hosenbeine hören in der Mitte der Waden auf.

Granny schüttelt den Kopf. „Das Mädchen hat ja nicht mal die Figur dafür, davon mal abgesehen, dass es absolut abscheulich aussieht. Es gibt so viele hübsche Kleider ..."

„Also Granny. Sie ist ja wohl nicht fett, oder willst du das sagen? Ja, sie trägt nicht Size Zero, aber sie sieht doch gut aus wie sie ist, ... auch wenn das Outfit nicht unbedingt mein Geschmack wäre. Sieh mal, dafür sind ihre Haare blond und gewellt."

„Ja, na wunderbar, bei der Aufmachung schaut ja wohl niemand auf die Frisur!", meckert sie und nippt wieder an ihrer Limonade.

„Hallo!", höre ich die Stimme meines Vaters hinter mir. Ich drehe mich um und sehe, dass er und Helen gleichzeitig eintreten. Mein Herz macht einen Satz, ich habe ein bisschen Bammel, dass ich eine Standpauke von ihm bekomme.

Ich bin zweiunddreißig Jahre alt und habe Angst, von meinem Vater ausgeschimpft zu werden?

Mit mir stimmt definitiv was nicht. Ich habe keine Zeit zu überlegen, er kommt bereits mit ausgebreiteten Armen auf mich zu. „Hallo Megan, schön, dass du wohlbehalten zurück bist."

Er gibt mir ein Küsschen auf die Wange, legt mir die Hände auf die Schultern und sieht mich von oben bis unten an. „Hast du ausgespannt? Ich finde ja eher, du bist ein wenig blass um die Nase."

„Ja, Dad. Ich bin gut erholt." Und wie, wenn er wüsste, was ich die letzten Tage getrieben habe – und mit wem –

er würde ausflippen. Mir wird mulmig und ich spüre die Hitze an meinem Hals nach oben kriechen. Hoffentlich bemerkt es sonst niemand, denn jetzt ist es ganz sicher vorbei mit meiner vornehmen Blässe, für die die Chinesen eine Menge Geld hinblättern.

„Na schön", sagt er und begrüßt Kate und seine Mutter.

Helen umarmt mich. „Hi, Megan."

Nachdem wir unsere Begrüßungsrunde vollendet haben, gehen wir ins Speisezimmer. Gerade, als wir unsere Plätze einnehmen, kommt Tessa hereingepoltert. „Hallo alle zusammen!"

Sie sieht bezaubernd aus in ihrem roten, ärmellosen Kleid. Ihre blonden Haare sind am Hinterkopf leicht zusammengefasst und an ihren Ohren baumeln goldene Kreolen.

In diesen Momenten frage ich mich, warum ich so eine unscheinbare, graue Maus bin, während sie so eine strahlende Schönheit ist. Obwohl sie offenbar ungeschminkt ist, strahlt ihr Teint und ihre Augen funkeln voller Leben. Sie ist nicht umsonst das Model in der Familie. Als sie ihre Runde abgeschlossen hat, setzt sie sich und breitet eine Serviette auf ihrem Schoß aus.

Unsere Köchin Crystal bringt einige Tabletts mit kleinen Vorspeisenhäppchen, Roastbeef-Röllchen, Spargelpastete, Blätterteig mit Schinken und Käse gefüllt und Tomaten mit Büffel-Mozzarella und Basilikum. Ich habe noch keinen Hunger, aber darum geht es bei dem Essen nicht …

„Was gibt's Neues?", fragt Tessa und beäugt mich intensiv. „Wow, bist du sicher, dass du einen Strandurlaub hinter dir hast? Hattest du eine Woche Regen?"

Ich schnaufe laut aus. Warum stellen mir eigentlich alle die gleichen Fragen? Ich lache humorlos. „Wenn das Einzige, was euch alle interessiert, der Hautkrebsfaktor ist, dann ist es ja gut", maule ich und hoffe, Crystal kommt bald mit einer Flasche Weißwein zurück. Ich könnte jetzt einen Schluck vertragen.

„Uhhh", witzelt Kate. „Jemand schlecht geschlafen?"

„Dabei sollte ich ja müde sein, ich bin die mit dem Jetlag", kichert Tessa und greift nach einem Roastbeef-Röllchen.

„Kinder", funkt mein Dad dazwischen, „hört auf, euch zu streiten."

Granny hebt nur missbilligend eine Augenbraue, zieht ihre Serviette vom Teller und schüttelt sie geräuschvoll aus, bevor sie sie demonstrativ auf ihrem Schoß ausbreitet.

„Helen, meine Liebe", wendet sich Dad an meine Tante, „wie war dein Tag?"

Ein Strahlen huscht über ihr Gesicht und sie fängt an, von ihren Erlebnissen auf dem Golfplatz zu erzählen. Ich höre nur am Rande zu, nicke, als mir Wein angeboten wird, verfolge aber die Mimik und Gestik der beiden. Es kommt mir so vor, als wären sie sich während meiner Abwesenheit noch näher gekommen.

Grannys miesepetrige Miene spricht jedenfalls Bände. Mal sehen, was sie mir nachher noch erzählt, wenn ich nach dem Essen einen Tee mit ihr trinke.

Ist es möglich, dass sich eine Liebesgeschichte im Hause Prescott anbahnt? Das wäre ja beinahe ein erneuter Skandal, wenn er mit der Schwester seiner verschollenen Frau …

Hastig greife ich nach meinem Glas und nehme einen großen Schluck. Das wäre ja ein tolles Geburtstagsgeschenk, in Kürze wird mein Dad nämlich sechzig.

Der Gedanke holt mich ziemlich schnell auf den Boden zurück. Mir fällt ein, dass ich später dringend noch mit Emma sprechen muss, wie die Vorbereitungen für die Feier laufen. Ob noch etwas zu veranlassen ist und wie es mit Zusagen und Absagen der eingeladenen Gäste aussieht. Die Zeit rast und durch meinen „Urlaub" habe ich eine Woche verpasst.

12

Das Plaudern mit Granny über einer Tasse Tee hat mir eigentlich keine weiteren Erkenntnisse gebracht, als dass sie über den „Zuwachs" in unserer Familie in Form von Helen nicht erfreut ist. Aber das war mir vorher schon klar. Sie konnte sie noch nie leiden, nicht, soweit ich mich erinnere. Anscheinend haben Dad und Helen ihre Affäre – falls sie damals schon eine gehabt haben – tatsächlich aufleben lassen.

Ich bin gespannt, vielleicht gibt es ja eine Bekanntmachung auf der Geburtstagsfeier. Mein Dad hat einen Hang für Förmlichkeiten und ich kann mir vorstellen, dass diese Party seiner Meinung nach passend wäre, um Helen an seiner Seite zu präsentieren. Warten wir es mal ab. Ein wenig Ablenkung kann jedenfalls nicht schaden, damit ich in Ruhe meinen Nachforschungen im Unternehmen nachgehen kann.

Was Hunter wohl gerade macht? Ich unterdrücke den Impuls, ihm eine SMS zu schicken, ich will ihn nicht kontrollieren.

Gedankenverloren mache ich mich auf den Weg in die Küche. Ich will mal sehen, ob ich nicht ein paar dieser verflucht leckeren Roastbeef-Röllchen und Blätterteigpasteten stibitzen kann, die wir als Vorspeise hatten, um sie Hunter mitzubringen.

Mit meiner „Beute" im Gepäck suche ich kurz darauf nach Granny, um ihr Tschüss zu sagen, als ich aufgebrachte Stimmen bemerke.

Als ich näherkomme, erkenne ich, dass es mein Dad ist, der mit Granny streitet. Was die beiden wohl für ein Problem haben?

Geht was mit der Partyplanung daneben? Oder passt es Oma nicht, dass er was mit Helen hat? Meine Großmutter kann schon ein echter Drachen sein, das hat mein Dad wohl von ihr.

Ich kann mir ein Schmunzeln nicht verkneifen, die Vorstellung hat eine gewisse Situationskomik, der ich mich nicht entziehen kann. Ich höre Wortfetzen wie „… deine Triebe … nicht im Griff! Erst die eine …. Die andere … Nun beide hier …geht nicht … wo soll das hinführen …. Skandal …. Eklat …. Unsere Familie!"

O Gott. Ich schlage mir die Hand vor den Mund und mein Grinsen weicht einem wahrscheinlich schockierten Ausdruck.

Mit wem hat mein Dad was? Oder hatte? Ich fasse es nicht.

Da glaubt man jahrelang, er würde im Zölibat leben, und dann ….

Ich halte das nicht mehr aus und gehe in den Salon. Als sie mich sehen, schweigen sie betreten. Mein Dad räuspert sich und rückt sich die Manschetten zurecht.

„Äh, ich wollte nur kurz Tschüss sagen", unterbreche ich die ohrenbetäubende Stille im Raum.

Ich fühle mich unbehaglich, nach dem, was ich eben aufgeschnappt habe, also winke ich nur kurz und nehme meine Beine in die Hand. Dad und Granny scheinen ebenso perplex zu sein wie ich, denn sie haben kein Wort gesagt.

Eigentlich hatte ich mit Emma sprechen wollen, aber das schaffe ich emotional jetzt nicht auch noch. Ich werde sie morgen anrufen.

Ich bin erschöpft, als ich die Tür zu meiner Wohnung aufschließe. Mein Herzschlag beschleunigt sich jedoch sofort, als ich an Hunter denke. Ich könnte nach dem anstrengenden Abend ein wenig Ablenkung vertragen … Mehr braucht es nicht, um meine Lebensgeister zu wecken.

„Hunter?", rufe ich und knipse das Licht an.

Im Wohnzimmer ist er nicht und mich beschleicht eine dunkle Vorahnung. Kann es sein, dass er sich in seinen eigenen Gedanken verstrickt hat und einfach abgehauen ist? Wundern würde es mich nicht, und ich verpasse mir eine geistige Ohrfeige, weil ich so dumm war zu glauben, unsere Beziehung wäre stabil genug, dass ich ihn alleine hier sitzen lasse.

„Mist", fluche ich, kicke meine Schuhe von den Füßen und gehe niedergeschlagen ins Bad.

Mich trifft der Schlag, als ich ihn mit Kopfhörern in der Wanne finde. Seine Lider sind geschlossen und er summt leise mit.

Ich grinse und Erleichterung durchflutet meinen Körper. Ich genieße den Augenblick – und seinen Anblick. Ich hätte nicht gedacht, dass er für so was zu haben wäre. Die Pretty-Woman-Badeszene erscheint in meinem Kopf und ich fange an zu lachen. In dieser Sekunde öffnet er die Augen und seine Mundwinkel beginnen zu zucken. Er zieht sich die Stöpsel aus den Ohren.

„Erwischt!", lacht er und krümmt seinen Zeigefinger, um mir zu bedeuten, dass ich zu ihm kommen soll.

„O nein, Mr. Kim. Sie werden mich nur nass machen …"

„Sei kein Spielverderber, das Wasser ist schön warm."

„Gute Idee, so ein heißes Bad …"

„Ja, es sah ziemlich verlockend aus und ich hatte gehofft …" Er wackelt anzüglich mit den Augenbrauen. „Du warst ganz schön lange weg."

„Ja", seufze ich. „Ich erwähnte ja schon mal, meine Familie kann anstrengend sein."

„Alles okay?"

„Ja, sicher. Aber …" Ich trete zum Badewannenrand, tauche vorsichtig meine Finger hinein und paddele im Badewasser, um die Temperatur zu fühlen. „Hm. Herrlich."

„Sagte ich doch. Zieh dich aus und komm zu mir rein!"

Ich sehe die Lust in seinem Blick, was mein Blut sofort in Wallung bringt. Langsam knöpfe ich die oberste Reihe meiner Bluse auf, meinen Kopf neige ich ein wenig zur Seite.

„Ja, das sieht gut aus …", kommentiert er und lehnt sich genüsslich zurück, während ich die Bluse nun auf den Boden fallen lasse und er meinen BH bewundern kann.

Als Nächstes streife ich die Jeans von meinen Beinen. „Du lässt mich ganz schön zappeln, Liebste", mault er.

Ich genieße es, denn es ist grandios, auf eine so sinnliche Art begehrt zu werden.

„Hast du es eilig?", kichere ich und will den Verschluss meines BHs öffnen.

„Soll ich dir helfen? Komm, setz dich auf den Rand!", fordert er mich mit belegter Stimme auf. Natürlich kann ich mich alleine ausziehen, aber darum geht es in dem Moment nicht.

Ich spiele mit, pflanze mich auf den Wannenrand und recke ihm meine Kehrseite entgegen.

„So ist es gut, sehr gut, Megan." Seine tropfenden Finger legen sich auf meine untere Wirbelsäule. Ich zucke kurz zusammen und sauge scharf die Luft durch meine Zähne ein. Langsam fährt er an meinen Wirbeln nach oben und hält bei dem Häkchen inne, bis er es schließlich vorsichtig öffnet.

Sachte schiebt er die Träger von meinen Schultern und wirft den BH außer Reichweite. In der nächsten Sekunde liegen seine Hände auf den Hügeln meiner Brüste. „So wunderschön, wohlgeformt und rund. Siehst du, sie passen perfekt", flüstert er an meinem Rücken. Eine Gänsehaut breitet sich auf meinem ganzen Körper aus. Ich spüre die mittlerweile vertraute heiße Nässe zwischen meinen Beinen. Es braucht nicht mehr, als dass er mich berührt, und ich entflamme. Sehnsüchtig lege ich meinen Kopf in den Nacken, schließe die Augen und genieße seine Liebkosungen auf meiner Haut.

„Hunter", seufze ich leise.

Völlig überraschend zieht er mich zu sich in die Wanne und Wasser spritzt durch den ganzen Raum.

„Hey!", schreie ich überrascht, als ich mich plötzlich vor ihm wiederfinde. „Ich habe noch meinen Slip an."

„Ich bin mir sicher, er war auch vorher schon feucht ...", murmelt er an meinem Hals und beginnt an meinem Ohrläppchen zu knabbern.

„Du bist unmöglich ...", protestiere ich lachend.

Natürlich hat er recht ...

„Aber ja, Megan, lass uns den Slip loswerden", meint er und reißt ihn mir von der Hüfte.

„Hunter! O Gott, du bist ..." Ich schüttele den Kopf.

„Soll ich dich waschen?", fragt er mich mit rauer Stimme, obwohl er mich längst überall streichelt.

„Bitte, ich bin sehr ... schmutzig", kichere ich, allerdings bleibt es mir fast im Halse stecken, als er anfängt, meine Perle zu umkreisen. Ich klammere mich mit beiden Händen an den Badewannenrand fest.

Es ist so intensiv, so erotisch, dass ich nicht lange brauchen werde.

Wer hätte das noch vor einer Woche gedacht? Ich, die sich in der Nähe eines Mannes immer so verspannt hat, dass gar nichts mehr ging, lasse mich hier von ihm mit einer Leichtigkeit zum Höhepunkt bringen, die an Wahnsinn grenzt.

Während seine rechte Hand im Wasser betörende Gefühle in mir auslöst, massiert er mit der anderen meine linke Brust. Ich habe die Lider geschlossen und gebe mich den Empfindungen hin. Mein Atem kommt stoßweise und ich sehe weiße Sternchen vor meinen Augen tanzen.

„Megan, du bist so heiß, es macht mich an zu sehen, wie du auf mich reagierst", höre ich seine heisere Stimme neben mir.

Als er den Druck auf das kleine Nervenbündel verstärkt, ist es um mich geschehen und ich komme explosiv. Wasser schwappt aus der Wanne, meine Muskeln zucken unkontrolliert und ich schreie unzusammenhängende Worte.

Es dauert einen Moment, bis ich wieder ins Hier und jetzt zurückkehre.

„Wow", stammele ich.

„Wie geht es dir jetzt?", fragt er mich und ich lächele.

„Viel besser", entgegne ich grinsend.

„Du wirktest in der Tat ein wenig verspannt, Liebste."

„Das ist ja nun Geschichte, wie kann ich dir …?", frage ich und löse mich aus seiner Umarmung, wende mich ihm zu und knie mich vor ihn.

Ich habe da etwas im Sinn, aber ich habe es noch nie bei ihm getan und glaube, ich bin nicht besonders gut darin … Mutig greife ich nach seiner Erektion, die stolz emporragt. Vermutlich ist mittlerweile mehr Wasser auf dem Badezimmerboden als um uns herum.

Ich muss lächeln, als ich registriere, wie sich sein ganzer Körper unter meiner Berührung anspannt. Jetzt ist es an ihm, sich am Rand der Wanne festzuhalten, als ich meine Hände an seinem Schaft auf und ab reibe. Ich weiß, dass ihn das verrückt macht, und die Nässe beschleunigt diese Wirkung zusätzlich.

Schon bald beißt er die Zähne aufeinander und legt den Kopf in den Nacken. Dann tue ich es einfach, beuge mich nach vorne und lecke über seine Spitze.

„Megan", ruft er überrascht und gequält. „Was tust du da?"

Ich kann nicht antworten, weil ich den Mund voll habe ... vorsichtig teste ich, was und wie es ihm gefällt. Ich nehme ihn so tief in mich auf, bis ich den Widerstand in mir spüre. Immer wieder und immer öfter.

Mit der einen Hand stütze ich mich ab, die andere umfasst seine Erektion und folgt meinen Mundbewegungen.

Ich hätte nie gedacht, dass es mir so viel geben könnte, einem Mann einen Blowjob zu verpassen, aber es ist so. Zu sehen, wie Hunter unter meinen Liebkosungen zuckt, stöhnt und sich windet, ist beinahe so gut wie selbst angefasst zu werden.

„Gott, Megan, ich halte das nicht mehr lange aus!", gibt er gepresst von sich.

Ich lasse mich nicht davon abbringen, ich will, dass er kommt.

Bisher fand ich die Vorstellung, das mit einem Mann zu tun, immer irgendwie abstoßend, bei Hunter ist es das Natürlichste der Welt für mich. Weil ich ihm vertraue. Weil wir eins sind.

„Oh, Baby. Es wird gefährlich, wenn du nicht aufhörst", warnt er mich keuchend.

Anstatt aufzuhören, erhöhe ich den Druck ein wenig, was genügt, dass er laut schreit, meinen Kopf festhält und seinen Samen in meinen Mund verströmt.

Es ist nicht gerade köstlich, aber auch nicht so schlimm, wie ich schon häufig gelesen habe. In Frauenzeitungen wird dieses Thema ja gerne mal breitgetreten. Bisher konnte ich da nicht mitreden, ich muss sagen, ... ich könnte Gefallen daran finden, das öfter mit ihm zu tun. Es verleiht mir eine gewisse Macht über ihn, die mich anmacht und auf eine bestimmte Weise befriedigt. Wenn ich ihn mir so ansehe, wie er völlig erschöpft und schwer atmend vor mir liegt, dann denke ich, dass es ihn zufriedengestellt hat. Ich grinse, lasse mich tiefer ins Nass gleiten und drehe den Hahn auf.

„Bisschen lauwarm geworden, das Wasser, nicht?", sage ich beiläufig.

Hunter tastet nach meiner Hand. „Du bist der Wahnsinn, Megan. Ich weiß gar nicht, was ich sagen soll."

„Dann sag nichts, entspann dich."

Und so liegen wir noch eine ganze Weile, bis wir beide völlig verschrumpelt sind und es spät geworden ist. Wir steigen aus der Wanne und trocknen uns gegenseitig ab.

„Geh schon mal vor, ich komme gleich nach", sage ich zu ihm und verschwinde noch einmal in die Küche, zum einen, weil ich etwas zu trinken für uns holen will, zum anderen, weil ich noch etwas zu erledigen habe.

Aus reinem Pflichtgefühl heraus schicke ich noch eine E-Mail an Emma und frage, wie es mit den Vorbereitungen für die Geburtstagsfeier läuft. Morgen Abend würde ich mich gerne mit ihr kurz darüber unterhalten, was es noch zu tun gibt. Da ist es also wieder, das gute alte Verantwortungsbewusstsein.

13

AM ENDE MEINES ERSTEN ARBEITSTAGES seit meiner Rückkehr sind mir einige Dinge klargeworden. Ling, Hunters ehemalige Sekretärin, hat nicht das Zeug dazu, ihn so zu hintergehen. Sie wirkte getroffen, als ich sie auf Hunter angesprochen habe.

„Es ist so schade, dass er nicht mehr hier ist", hat sie mir geantwortet, und ich sah den Schmerz in ihrem Gesicht. Diese Frau hat sich wirklich in ihn verliebt, aber er erwiderte ihre Liebe nicht.

Sad Story, leider passiert so was häufiger. Ich bin froh, dass er sie nicht liebt, sondern hoffentlich mich. Wobei, von Liebe sprechen wir noch nicht, auch wenn es mir vollkommen klar ist, dass er der Mann des Lebens für mich ist.

Den IT-Leiter Peter Chung habe ich mir vorgenommen. Ich kann mir einfach nicht vorstellen, dass er etwas damit zu tun hat. Er arbeitet seit mehr als fünfzehn Jahren für uns und es ist niemals etwas vorgefallen, er wird gut bezahlt und hat eine gehobene Position.

Nein, mein Gefühl sagt mir, dass er nichts damit zu tun hat.

Bleibt noch Kandidat drei. Hier bin ich mir nicht ganz sicher. Ich drehe den Kugelschreiber zwischen meinen Fingern und überlege.

Dennis hat definitiv etwas davon, dass Hunter in Ungnade gefallen ist. Immerhin sitzt er nun auf seinem Posten.

Außerdem müsste er eine ganze Stange Geld dafür bekommen haben, dass er brisante Firmeninterna an einen Konkurrenzkonzern weitergibt.

Nur, wie kann man ihm etwas nachweisen? Das wurmt mich. Vielleicht ist jetzt der richtige Zeitpunkt, um mit meinem Dad darüber zu reden.

Bevor ich das tue, will ich mir aber noch eine Sache ansehen. Ich nehme den Telefonhörer und wähle die Nummer der Personalabteilung.

„Hier ist Megan Prescott", sage ich, als die Personalchefin abhebt. „Bringen Sie mir doch bitte die Personalakte von Dennis Wang."

Eventuell gibt sein Lebenslauf ja einen Hinweis auf ein Motiv. Wer weiß, möglicherweise hat er Einträge in einem Schuldenverzeichnis oder ich stoße auf eine kriminelle Geschichte. Wobei ich Letzteres eigentlich ausschließe.

Jemanden mit einem derartigen Hintergrund würden wir nie einstellen, schon gar nicht in einer so wichtigen Position. „Natürlich, Miss Prescott, ich komme gleich rauf zu Ihnen."

„Vielen Dank", gebe ich zurück und lege auf.

Meine Hände sind feucht, als ich die braune Akte aufschlage. Ich blättere sie komplett durch, aber mir fällt nichts Ungewöhnliches auf. Ich bin ein wenig enttäuscht und sehe mir noch einmal alles an.

Er hat gute Noten, einigermaßen gute Referenzen, seine Vita ist lückenlos. Er ist vor Kurzem umgezogen, die alte Adresse ist durchgestrichen und die neue handschriftlich mit Datum versehen daneben geschrieben worden. Könnte das ein Anhaltspunkt sein?

Ich google die Anschrift und mein Mund bleibt offen stehen.

Ja, das könnte definitiv ein Hinweis sein. Mein Herz hämmert in meiner Brust. Ich bin so aufgeregt, dass ich was gefunden habe. Mir ist schwindelig vor Aufregung.

„Okay, ganz ruhig, Megan", versuche ich, mich zur Räson zu bringen. Noch ist nichts bewiesen.

Ein simpler Umzug in eine noble Wohngegend, die ein Mann in seiner Position nie zahlen könnte, sagt alleine nichts aus. Er könnte geerbt haben. An einen Lottogewinn glaube ich nicht wirklich. Ich verziehe mein Gesicht.

Ich will Hunter anrufen, ihm aber auch keine falschen Hoffnungen machen. Daher nehme ich die Hand wieder vom Hörer. Ich werde mit meinem Dad sprechen, er hat ein gutes Gespür für so was, das hatte er schon immer.

Mit einem Satz bin ich auf den Beinen, klemme mir die Akte unter den Arm und marschiere geradewegs in sein Büro. Er liest gerade etwas mit zusammengekniffenen Augen vom Bildschirm ab, als ich eintrete.

„Hi, Dad", sage ich und er dreht den Kopf in meine Richtung.

„Megan, was gibt's?"

„Dad, hör mal. Ich möchte gerne noch einmal mit dir über Dennis reden."

Er zieht die Augenbrauen zusammen und sein Blick verfinstert sich. „Haben wir das Thema nicht zur Genüge diskutiert?"

Ich übergehe seinen aggressiven Tonfall. „Also, ich habe mir im Urlaub Gedanken gemacht. Und ich glaube wirklich, Hunter ist unschuldig. Heute habe ich ein paar aufschlussreiche Gespräche geführt, und es ergibt keinen Sinn, dass Hunter so dumm wäre, die Infos selbst von seinem Account zu versenden."

Dad stöhnt genervt und legt seinen Stift beiseite. „Das ist doch albern, er hat einfach die Dollarzeichen in den Augen gehabt und nicht nachgedacht."

„Nein, Dad. Das ist nicht so." Ich muss aufpassen, was ich sage, noch soll er nicht wissen, wie ich mittlerweile zu Hunter stehe. „Ich denke, dass es Dennis gewesen ist."

Mein Vater saugt zischend Luft ein. „Dennis? Jetzt hör auf mit dem Mist. Nur weil du was gegen ihn hast …"

„Nein, Dad. So ist es ganz gewiss nicht. Hier, schau mal, in seiner Personalakte!" Ich schlage sie an betreffender Stelle auf. „Er ist vor Kurzem in eine feudale Gegend umgezogen, die er sich mit seinem Gehalt nie leisten könnte."

„Und das soll ein Beweis sein? Ich weiß, du mochtest Hunter. Aber die Fakten sprechen eindeutig gegen ihn. Manchmal sind es die simplen Dinge, die man nicht glauben will."

„Nein", rufe ich fest entschlossen. „So ist es nicht."

Mein Vater sieht mich überrascht an. Anscheinend hatte er nicht mit meiner unerschütterlichen Meinung gerechnet. Wieso hat es früher nie geklappt, dass ich mich durchsetze? Ist das die neue Megan? Gestärkt von seiner ausbleibenden Reaktion, fahre ich fort.

„Pass auf, Dad. Etwas stimmt nicht mit Dennis. Ich habe heute mit ihm geredet, ihm ein paar Fragen gestellt. Er fing an zu stammeln und fühlte sich sichtlich unwohl. Es ist was dran an der Sache, und …", ich mache eine absichtliche Pause, um meine Worte zu unterstreichen, „wenn der Verräter wirklich noch im Haus sein sollte, dann gehen wir jeden Tag das Risiko ein, dass es einen erneuten Vorfall gibt."

Mein Vater hebt eine Augenbraue und lehnt sich im Stuhl zurück.

„Mein Gott. Das ist wahr, Megan. Ich finde es gut, dass du dich in der Sache so engagierst. Du hast freie Hand. Tu, was du für richtig hältst."

Ich bin so überrascht, dass ich einen Moment überlege, ob ich ihn korrekt verstanden habe.

„Ich habe freie Hand?"

„Ja. Du hast auch recht damit, dass er nicht gut genug auf dem CFO-Posten ist. Als du weg warst, ist mir aufgefallen, dass du vieles ausgebügelt hast, was er versaut hat. Also, Megan, kümmer dich darum."

„Okay, Dad", sage ich völlig perplex.

„Noch was?", fragt er mich.

„Äh, nein. Natürlich nicht. Bis dann, Dad. Schönes Wochenende, wir sehen uns ja sicher die Tage mal."

„Mach's gut, Liebes."

Als ich die Etage mit der Personalakte verlasse, kann ich kaum fassen, was eben passiert ist. Mein Dad gibt mir frei Fahrt in einer so wichtigen Angelegenheit? Hat ihm jemand eine Gehirnwäsche verpasst, während ich weg war?

Was es auch immer gewesen sein mag, ich bin glücklich und tippe sofort eine SMS an Hunter, als ich in meinem Büro bin.

Bin weitergekommen, sprechen gleich darüber. Habe noch eine halbe Stunde zu tun, dann komme ich nach Hause xxx

Seine Antwort kommt prompt.

Ich vermisse dich schon. Bin gespannt, was du zu berichten hast xxx

Selig lächelnd lese ich seine Nachricht und mache mich daran, die Dinge zu erledigen, die sich hier stapeln, bevor ich zu ihm nach Hause fahren kann. Ich versuche, die Gedanken zu verdrängen, die gleichzeitig in mir hochkommen, als mir klar wird, dass ich mich in Hunter verliebt habe.

Ich weiß, dass Romanzen Probleme mit sich bringen. Im Grunde ist es ein hoffnungsloses Unterfangen, sobald die rosarote Wolke verschwindet, wird es Unstimmigkeiten geben. Bei ihm und mir wahrscheinlich wegen unserer verschiedenen kulturellen Hintergründe. Er hat mich ein paarmal spüren lassen, wie er denkt, was er denkt – das birgt großes Konfliktpotential, wenn wir nicht rechtzeitig gegenlenken.

Meine Eltern stammen aus demselben Kulturkreis und sie haben es trotzdem nicht geschafft.

„Nein, so wird es nicht sein", ermahne ich mich selbst, positiv zu denken. „Wir sind nicht wie meine Eltern." Meine Mum hatte ganz andere, innere Konflikte, Drogenprobleme und eine völlig falsche Selbstwahrnehmung. Nichts davon trifft auf mich oder Hunter zu. Wir werden nicht so eine Beziehung führen wie meine Erzeuger.

Ernüchtert von diesem Flashback, lehne ich mich im Stuhl zurück und schließe kurz die Augen.

Da war was, das ich heute unbedingt erledigen wollte.

„Ach ja!", murmele ich. „Ich muss mit Emma sprechen."

Mist, ein Blick auf die Uhr sagt mir, dass es schon nach sieben ist. Eigentlich hatte ich früh zu Hause sein wollen. Ich werde sie einfach anrufen und nicht vorbeifahren.

„Hi, Emma", grüße ich sie, als sie abhebt.

„Hi, Megan, du rufst bestimmt wegen der Party an?"

„Ja, sag mal, kann ich dafür noch was tun?"

„Lass mich mal überlegen, Moment, ich hatte die Liste doch gerade hier." Ich höre es rascheln, als ob sie in einem Stapel Papiere etwas sucht.

„Ah, da ist sie ja. Ja, pass mal auf …"

Sie rattert mir gefühlt zehn Minuten herunter, was sie alles organisiert hat, so wie wir es vor einiger Zeit besprochen hatten, um mir dann zu sagen, wo es hakt. Ich finde es toll, dass sie mit so viel Elan an der Planung der Party beteiligt ist, fast als wäre es ihre Eigene.

Dass sie nach all den Jahren in unserer Familie immer treu an unserer Seite steht, ist viel wert. Emma kommt mir ein wenig atemlos vor.

„Ich glaube, das würde deinem Vater so richtig gut gefallen, was meinst du, Megan?", schließt sie euphorisch und Bilder schleichen sich in meinen Kopf. Was, wenn sie heimlich in ihn verliebt ist? Hat meine Oma etwa über sie gesprochen, als sie gestern mit meinem Dad gestritten hat?

„Ähm, Emma, es geht mich ja nichts an, wir sprechen ja nie darüber. Du wohnst jetzt schon so lange in Shanghai … Bist du mit jemandem zusammen?"

Sie schnappt am anderen Ende der Leitung nach Luft.

Gott, ich bin zu weit gegangen. Es geht mich wirklich nichts an.

„Aber nein", antwortet sie lachend, es klingt beinahe hysterisch. „Bitte, Megan, sei nicht albern. Wann sollte ich noch Zeit für einen Mann haben? Ach, da kommt gerade Crystal, ich muss noch etwas mit ihr besprechen für die Einkäufe der nächsten Woche. Tut mir leid, lass uns später noch mal reden, ja?"

Und dann legt sie auf. Einfach so, ohne auf eine Antwort von mir zu warten.

Ich sehe den Hörer ungläubig an und runzele die Stirn. Es könnte durchaus sein, dass sie heimlich in meinen Dad verliebt ist.

Ich meine, er ist charismatisch, sieht für sein Alter einigermaßen okay aus und sie kennen sich seit Ewigkeiten. Ob sie bei ihm eine Chance hätte? Ich habe keine Ahnung. Die Vorstellung, dass mein Dad mit unserer Nanny … Ach, zu viele Klischees. Nein, ich glaube nicht. Was, wenn doch?

Mir raucht der Kopf, ich muss raus. Was für ein intensiver Tag!

„Komm, wir gehen aus", schlage ich Hunter vor, als ich zuhause Hause eintrudele. Ich bin zwar total erledigt, aber irgendwie habe ich Schuldgefühle, weil es im Büro länger gedauert hat.

„Bist du nicht müde? Möchtest du mir nicht erst mal von deinem Tag erzählen?"

Er zieht mich in seine Arme und gibt mir einen langen Kuss, der mich dahinschmelzen lässt. Jetzt will ich auf keinen Fall mehr die Wohnung verlassen. Nur mit Mühe löse ich mich von ihm und berichte von meinen Erkenntnissen.

„Und was tun wir als Nächstes?"

„Ich weiß es nicht", gebe ich ehrlich zu. „Vielleicht kann ich Dennis in einem Gespräch dazu drängen, dass er plaudert, und wir nehmen es auf Video auf?"

„Das ist viel zu riskant, man weiß ja nicht, wozu so ein Kerl fähig ist."

Ich erinnere mich daran, wie ich mich anfangs vor Hunter gefürchtet habe, als er die Stühle zertrümmert hat.

„Ich kann auf mich selbst aufpassen", erkläre ich bestimmt.

„Ich wusste, dass du das sagen würdest!" Er sieht flehend an die Decke und schüttelt den Kopf. „Das kommt nicht infrage. Ich habe eine Idee, ich werde ihn aufsuchen und mit dem Verdacht konfrontieren. Er wird nicht damit rechnen, dass ich bei ihm aufkreuze."

„Und dann?"

„Du kannst es aus sicherer Entfernung aufnehmen."

„Und das ändert die Sache? Nur weil du ein Mann bist?"

„Genau, ich bin stärker als du. Ich könnte nie zulassen, dass du dich in Gefahr bringst."

Irgendwie niedlich, aber die emanzipierte Frau in mir mag das nicht so recht akzeptieren.

„Nein."

„Wie bitte?"

„Ich sagte, nein. Kommt nicht infrage, dass du dich und deinen Ruf in Gefahr bringst."

„Das werden wir ja sehen!"

„Hör auf damit, Hunter", gebe ich gereizt zurück. „Lass es mich nicht bereuen, dass ich dir von meinen Erkenntnissen erzählt habe."

Er sieht mich an und dann wird sein Blick düster. „So ist es also, du hast die Fäden in der Hand, ja?"

„Gott, nein. So habe ich das nicht gemeint."

„Nein, nein", er hebt abwehrend die Hände. „Mach nur, wie du willst. Du bist die Chefin."

„Hunter", stöhne ich gequält. Dieser Mann und sein Stolz! „Okay, lass uns einen Kompromiss finden."

„Und wie soll der aussehen? Du lädst ihn hierher ein, und ich warte im Nebenzimmer?"

Seine Worte dringen in mein Gehirn vor, und je länger ich darüber nachdenke, desto besser gefällt mir die Idee.

„Hey! Ja, genau. Super!"

Hunter verengt seine hübschen Mandelaugen zu zwei Schlitzen. „Nur über meine Leiche."

„Komm schon, Hunter, es ist sicher. Du würdest ja in der Nähe warten."

„Und wie stellst du dir das vor?"

„Ich könnte ihn zu mir einladen, ein Gespräch vorschieben, wegen seiner Karriere. Wir bauen hier eine Webcam auf und du siehst und hörst alles von nebenan mit."

„Von mir aus", lenkt er ein, und ich falle ihm um den Hals.

Kurz darauf löse ich mich von ihm und tippe eine Nummer in mein Handy.

„Was tust du da?", fragt er mich misstrauisch.

„Ich, äh, rufe Dennis an, ob er vorbeikommen kann."

„Frauen!", brummt er, lässt aber zu, dass ich unserem Plan zur Umsetzung verhelfe.

Fünf Minuten später verfallen wir beide in geschäftigen Aktionismus.

Ich schnappe mir die Webcam aus meinem Büro, mit der ich häufig online an Sitzungen teilnehme, und wir installieren sie in meinem Wohnzimmer. Ich muss Dennis nachher nur auf der Mitte des Sofas platzieren, sodass er gut zu sehen ist.

Ich bin sehr nervös und hoffe, dass alles gutgeht. Er meinte, er sei zufällig in der Umgebung und könne in einer halben Stunde hier sein. Abwegig ist es nicht, der Bund, das Viertel, in dem man schön essen und ausgehen kann, ist quasi um die Ecke.

„Hoffentlich tun wir hier das Richtige!", sage ich mehr zu mir selbst, Hunter hat es gehört.

„Siehst du! Wir hätten abwarten sollen."

„Nichts da! Du hast lange genug für einen Fehler geradegestanden, für den du nichts kannst."

Er presst die Lippen aufeinander, nickt dann aber. „Ich passe auf dich auf, Megan. Ich bin ganz in deiner Nähe."

Er zieht mich an sich und küsst mich auf den Mund. Ich habe keine Bedenken, dass ich in Gefahr bin. Ich bin mir sehr sicher, dass Hunter über mich wie über seinen Augapfel wachen wird.

Wir sind gerade fertig mit allem, als es an der Tür klingelt.

Dem Pförtner hatte ich Bescheid gegeben und er hat ihn direkt durchgelassen. Um Dennis in Sicherheit zu wiegen, habe ich eine Flasche Weißwein in einen Kübel mit Eis gestellt und zwei Gläser daneben platziert. Wir wollen ja zunächst etwas plaudern.

Das Blut rauscht in meinen Ohren, als ich Hunter ins Nebenzimmer schiebe, die Tür hinter ihm schließe und dann die Haustür öffne.

„Dennis", begrüße ich ihn und lächele höflich. „Kommen Sie rein. Wie schön, dass Sie es einrichten konnten."

„Danke, Megan", gibt er zurück und schüttelt mir die Hand. Ein Wangenküsschen wäre viel zu vertraut gewesen, und ich bin froh, dass ich ihm nicht näher kommen muss als nötig.

„Ich habe einen Drink für uns vorbereitet." Er denkt sicher, ich will was von ihm, aber das soll mir gerade recht sein. Je sicherer er sich fühlt, desto eher kann ich ihn kalt erwischen.

Er folgt mir und ich kann seinen Blick auf mir spüren, meine Nackenhaare stellen sich auf, und ich hoffe, die Kamera läuft auch wirklich mit. Aber ja, wir haben alles dreimal überprüft, es wird klappen. Ich darf jetzt nur nicht die Nerven verlieren.

Mit zittrigen Händen drehe ich den Schraubverschluss auf und gieße etwas Wein in beide Gläser. „Hier, bitteschön, nehmen Sie doch auf dem Sofa Platz, Dennis."

Ich gehe voraus und deute auf die Mitte der Couch, bevor ich ihm sein Glas in die Hand drücke. „Cheers", sage ich und er lächelt mich an.

„Danke für die Einladung, ich muss zugeben, das kam sehr – überraschend."

„Ja." Ich lache künstlich.

Meine schauspielerische Leistung ist bisher unterirdisch. *Reiß dich endlich zusammen, Megan!* „Im Büro hat man ja so wenig Zeit, nicht?", flöte ich dann.

„Das stimmt allerdings. Schön haben Sie es hier."

Ah. Das ist mein Einsatz. Soll ich jetzt schon?

Scheiße. Ich habe alles vergessen, was ich mit Hunter besprochen hatte, während wir die Aktion vorbereitet haben.

„Wo wohnen Sie denn?" Ich nippe an meinem Glas und klimpere mit den Wimpern. Er soll ruhig denken, ich hätte sexuelles Interesse an ihm. Und ja, es wirkt. Lüstern lässt er seinen Blick über meinen Körper gleiten.

„Ich bin kürzlich umgezogen, habe eine schicke Wohnung in Pudong."

Sein Ego plustert sich gerade noch mehr auf. Ekelhaft, absolut ekelhaft.

„Ach, tatsächlich?"

„Ja, über hundert Quadratmeter und eine einmalige Aussicht."

Das ist für einen Angestellten auf mittlerer Exekutivebene nicht bezahlbar, das ist der Knackpunkt. Damit kriegen wir ihn.

„Sagen Sie, woher kennen Sie *Hang Kong*?", frage ich nun und er verschluckt sich an seinem Weißwein.

„Was meinen Sie?", stammelt er.

Hang Kong ist der CEO des Konkurrenzkonzerns, dem er die Informationen verkauft hat, ich bin mir sicher ihm ist glasklar, um wen es sich handelt.

„Sie verstehen mich schon, Dennis. Wie ich höre, haben Sie ein hübsches Sümmchen dafür bekommen..."

Ich lüge einfach ins Blaue hinein, wie es scheint, schluckt er den Köder. Anscheinend ziehen meine weiblichen Reize mehr, als ich mir bewusst war.

„Ich? Nein. Das war Hunter", versucht er, sich rauszureden. Schweißperlen glänzen auf seiner Stirn.

„Kommen Sie, wir wissen beide, dass Hunter nicht so dumm wäre. Mir können Sie es doch erzählen." Ich trete einen Schritt auf ihn zu und lege ihm eine Hand auf den Oberschenkel. „Ich finde es ... sexy, wenn ein Mann tut, was ihm gefällt."

Ich muss mich bei meinen Worten fast übergeben, aber es muss sein.

Er sieht mich an und in seinen Augen flackert etwas auf.

„Ja? Das gefällt dir?"

„Wie bist du auf die Idee gekommen, Hunter dafür zu benutzen? Ich muss sagen, das imponiert mir, Dennis."

Ich ekele mich beinahe vor mir selbst, auch wenn ich es nur spiele. Schnell trinke ich noch etwas Weißwein, um meine trockene Kehle zu befeuchten.

„Ach, das war leicht. Hunter ist so ein Korinthenkacker, ich habe einfach zwei Fliegen mit einer Klappe geschlagen. Genial, nicht?"

„Ja, absolut."

„Es tut mir leid, dass ich einige Interna losgeworden bin, Kong ist nur die Nummer zwei, weit hinter Prescott

Enterprises. Ich bin mir sicher, unser Konzern wird nicht leiden."

Er glaubt doch nicht ernsthaft, dass ich ihm das abnehme?

„Stimmt, Dennis. Was hat es dir gebracht? Garantiert ein hübsches Sümmchen?"

„Haha. Zwei Millionen Dollar!", prahlt er.

„Und wie bist du an Hunters Rechner gekommen?"

„Der Kerl ist so ein Idiot, man muss kein Genie sein, um sein *Passwort* zu knacken."

Ich könnte Hunter immer noch ohrfeigen, das kann ich später tun.

„Dennis, sag mir genau, wie du es angestellt hast, du böser Junge."

Der Würgereiz in mir wird beinahe unüberwindbar, als ich meine Hand an seinem Oberschenkel wandern lasse, nur zwei Zentimeter, aber das genügt, dass er schneller atmet und praktisch anfängt zu sabbern.

„Ich habe einen Anruf bekommen, bin zu einem Treffen eingeladen worden, dann habe ich die Anzahlung kassiert … Der Rest war ganz leicht. Hunter ist so ein Idiot, er hat sich so einfach reinlegen lassen, haha."

Ich möchte dem Arschloch ins Gesicht schlagen, nur mit Mühe kann ich mich beherrschen. Ich nicke, weil ich kein Wort herausbringe.

„Als er weg war, wurde mir klar, dass ich auch noch seinen Job haben kann. Besser ging es nicht!"

Ich denke, das müsste reichen. Langsam können wir die Scharade auflösen.

„Ich glaube, ich habe genug gehört," informiere ich Dennis kühl und nehme meine Hand weg. Er stellt sein Glas ab und reißt mich an sich.

„Das ist gut, dann können wir ja jetzt zum wesentlichen Teil kommen. Ich wusste schon immer, dass hinter deiner frigiden Fassade ein Heißblut steckt!"

Ich stehe noch unter Schock, als er mir bereits seine Zunge in den Hals schiebt. Ich bemerke nur am Rande, wie eine Tür geöffnet wird.

Hunter schnappt sich Dennis, zieht ihn von mir weg und drückt ihn an die Wand. Aus dem Regal daneben fällt eine Vase und zerbricht scheppernd auf dem Boden. Tausende Scherben verteilen sich überall um sie herum. Hunter drückt seinen Ellenbogen an Dennis' Kehle, sodass dieser röchelnd und mit weit aufgerissenen Augen und in der Luft baumelnden Beinen an der Wand hängt.

„Hunter, das genügt. Wir haben alles. Du kannst ihn runterlassen", sage ich beschwichtigend, aber meine Stimme zittert. Alles an mir zittert.

„Ich mach dich fertig, du Arschloch!", zischt Hunter zwischen zusammengebissenen Zähnen.

Dennis steht die Angst ins Gesicht geschrieben, er will sich wehren, er hat keine Chance gegen meinen koreanischen Krieger. Gott sei Dank!

„Bleib ruhig, Hunter. Bitte. Tu nichts, was du nachher bereust! Ich rufe jetzt die Polizei."

„Nein", röchelt Dennis, und Hunter rammt ihn noch einmal gegen die Wand. Ein dumpfes Stöhnen entweicht aus seinem Mund.

„Bitte, Hunter", wiederhole ich, während ich die Nummer des Notrufs wähle. Er nickt, sagt keinen Ton und lässt Dennis nicht aus den Augen.

Ich kann verstehen, dass Hunter aufgebracht ist, dass er sich rächen will, es würde ihm nur schaden. Ich bin froh, dass er nicht rotsieht und sein Temperament zügeln kann.

Die Polizei trifft wenige Minuten später ein und legt Dennis Handschellen an. Das Video habe ich in der Zwischenzeit dupliziert – man kann nie vorsichtig genug sein – und gebe den Beamten eine Version davon mit.

„Das dürfte ausreichen, um ihn zu überführen, Sir", sage ich zum Vorgesetzten.

„Danke, Miss. Dieser Mann ist eine Schande für die Volksrepublik China. Ich sorge persönlich dafür, dass er seine gerechte Strafe erhält. Wir erwarten Sie dann noch für die Aussage auf der Wache. Alle beide."

„Danke", ich nicke ihm zu und schüttele seine Hand. Dann verabschiedet er sich mit einem angedeuteten Gruß an seiner Mütze von Hunter, folgt den ausführenden Beamten nach draußen und wir bleiben alleine in meiner Wohnung zurück. Nur die Scherben auf dem Wohnzimmerboden zeugen von dem kurzen Kampf.

Hunter schließt mich in seine starken Arme und vergräbt sein Gesicht in meinem Haar. „Ich hätte das Schwein am liebsten umgebracht."

„Ich weiß, er ist widerlich."

„Du warst unbeschreiblich gut. Du hast Talent."

„Sag das nicht meiner Schwester Virginia." Ich muss lachen. „Ich habe kein Bedürfnis, etwas dieser Art zu wiederholen!"

„Ich auch nicht, glaub mir."

Er streicht mir an meinem Rücken auf und ab. Es hat nach dem Horror der letzten Stunde etwas so Tröstliches, dass ich weinen könnte.

„Ich sollte meinen Dad anrufen", murmele ich.

„Natürlich, unbedingt. Was wirst du ihm erzählen?"

„Ich ... Keine Ahnung. Vielleicht einfach, dass ich recht hatte und Dennis im Gefängnis ist."

„Meinst du nicht, er wird sich über die Geschwindigkeit der Ereignisse wundern?"

Ich zucke mit den Schultern.

„Das kann sein, aber er kennt mich nicht anders. Wenn ich mir etwas in den Kopf gesetzt habe, ziehe ich es durch."

Hunter lacht leise. „Ja, das habe ich gemerkt."

„Hey!" Ich knuffe ihn in den nicht vorhandenen Bauchspeck.

„Schon gut, keine Witze darüber. Das war eine sehr ernste Sache. Was wird er sonst sagen?"

„Ich werde ihm vorschlagen, dass wir dich Anfang der Woche rehabilitieren, uns in aller Form bei dir entschuldigen und eine Pressemeldung dazu aufsetzen. Er hat dich immerhin in der ganzen Stadt schlechtgemacht. Ein wenig *mea culpa* schadet einem Jonathan Prescott auch nicht."

„Oha, das sind starke Worte, Megan. Meinst du, er wird darauf eingehen?"

„Er muss."

„Warum setzt du dich nicht so für dich selbst ein wie für mich?"

Ich bin einen Moment sprachlos, bis ich begreife, dass er recht hat. Erst seit ich mich für Hunters Unschuld einsetze, lasse ich mich von meinem Vater nicht mehr unterbuttern. Das bedeutet etwas ...

„Du bist mir eben wichtig, Hunter", sage ich. Es ist die Untertreibung des Jahrhunderts, aber ich bin noch nicht bereit für mehr.

„Du bist mir auch wichtig, Megan." Er küsst mich sanft auf den Mund, saugt an meiner Unterlippe und knabbert dann daran. „Ich räume nachher hier auf", raunt er, während er mich in seine Arme hebt und zum Schlafzimmer trägt. Den Anruf bei meinem Dad werde ich verschieben ...

14

ÜBER DAS WOCHENENDE ist so viel passiert, dass mir der Kopf schwirrt.

Mein Vater ist beeindruckt gewesen, dass sich alles so schnell aufgelöst hat. Die Pressemitteilung ist heute Morgen rausgegangen, das Executive-Team wird sich heute Abend zu einer großen Runde treffen, in der Hunter ganz offiziell rehabilitiert wird. Mein Dad wird sich hochtrabend vor allen Leuten bei ihm entschuldigen. Mein alter Herr mag ein antidemokratischer Patriarch sein, aber er steht zu seinen Fehlern. Ich bin glücklich und stolz auf ihn, dass er dazu bereit ist. Auch wenn alles sehr kurzfristig ist, so ist es doch genau richtig. Dieser engste Kreis um meinen Dad kann sich den Termin für das interne Treffen natürlich einrichten, sonstige Pläne müssen verschoben werden, diese Aktion hat Priorität. Immerhin hatte es zuvor einen kolossalen Wirbel um Hunters vermeintlichen Betrug gegeben, also muss jetzt auch ein gewaltiger Wind um seine Unschuld gemacht werden.

Beim Dinner werden wir noch nicht verkünden, dass er und ich zusammen sind.

Ich finde, dafür ist es ein bisschen früh. Hunter war zwar nicht begeistert davon, aber mit dem Argument, dass unsere Partnerschaft seiner Rehabilitierung nicht die Show stehlen sollte, hat er dann zugestimmt, wenn auch schlecht gelaunt.

Ich verstehe ihn ja, und ich will unsere Liaison gar nicht verstecken, gleichzeitig habe ich wahnsinnige Angst, was passiert, wenn wir wie ein ganz normales Paar zusammenleben. Ich fürchte mich vor Streit, der sich um banale Dinge wie Zahnpastatuben, Zuspätkommen oder das Fernsehprogramm drehen wird, weil das die Liebe zerstört.

Ich habe es erlebt, gesehen und man hört es immer wieder. Das will ich so lange wie möglich hinauszögern. Dazu kommt der Bammel vor der Intensität meiner eigenen Gefühle für Hunter. Ich kann mir ein Leben ohne ihn einfach nicht mehr vorstellen, und ich weiß nicht genau, ob es ihm auch so geht. Wir haben bis jetzt nie über Liebe gesprochen, es dreht sich – wenn wir überhaupt darüber reden – darum, was für eine Art Beziehung wir führen werden, nicht, aus welchem Grund. Ich scheue außerdem noch davor zurück, meinem Vater zu sagen, dass ich mit Hunter zusammen bin, weil ich befürchte, er wird mir reinreden wollen.

Ich glaube, dass er Hunter akzeptieren wird, aber wie ich meinen Vater kenne, wird er zunächst alles infrage stellen, und ich bin – neben allem anderen – noch nicht bereit für die öffentliche Bekanntmachung unserer Liebe.

„Megan, bist du so weit?", fragt Hunter und holt mich damit zurück in die Realität.

Ich sehe ihn im Spiegel an, er steht hinter mir. Ich war gerade dabei, mich für das Dinner fertigzumachen. „Könntest du mir mit dem Kleid behilflich sein?"
Er grinst verschmitzt. „Ich würde es dir lieber wieder ganz ausziehen…"

„Dafür bleibt später genug Zeit, jetzt bist erst mal du dran. Dein großer Moment."

Er nickt, mit einem etwas angespannten Gesichtsausdruck, was ich nachvollziehen kann. Ich weiß, wie die Leute – mich eingeschlossen – über ihn gedacht haben. Und es tut mir von Herzen leid, dass er diesen Spießrutenlauf mitmachen musste.

Unsere Aussage auf der Wache haben wir heute Vormittag gemacht, alles geht nun seinen Gang. Alles wird wieder geradegerückt werden.

Er legt Hand an meinen Reißverschluss und zieht ihn langsam nach oben. „Du siehst hübsch aus", sagt er und gibt mir einen Kuss in den Nacken. Meine Haare habe ich mir locker hochgesteckt, ihm scheint es zu gefallen.

„Danke, du auch."

Das tut er wirklich, der dunkle Anzug verleiht ihm etwas Verwegenes. Er trägt keine Krawatte zu seinem weißen Hemd. Er ist nicht so ein steifer Typ, das mag ich gerade so an ihm.

„Sollen wir überhaupt gemeinsam fahren?", fragt er mich, als ich im Flur in meine Pumps schlüpfe.

„Natürlich, warum nicht?"

„Ich dachte nur ... Nicht, dass jemand Verdacht schöpft?"

„Hunter, unsere Beziehung ist auch kein Staatsgeheimnis. Ich will dir nur nicht die Show stehlen, indem ich verkünde, dass wir zusammen sind. Lass uns doch einfach noch ein paar Tage abwarten, okay? Ist es denn so schlimm, dass wir zunächst unsere Zweisamkeit genießen, bevor das Geschwätz im Büro losgeht?"

Er sieht mich nicht gerade begeistert an und kratzt sich am Nacken. „Ja, ist ja schon gut, du brauchst mehr Zeit. Ich weiß es, Megan."

Ich unterdrücke ein Aufstöhnen und ein Augenrollen, weil ich mich absolut nicht mit ihm streiten will, schon gar nicht an diesem Abend. Deswegen ziehe ich an seinem Sakko, bis er einen Schritt auf mich zukommt und ich ihm einen Kuss geben kann.

„Dein Lippenstift", protestiert er.

„… ist mir scheißegal", beende ich den Satz und küsse ihn lange und leidenschaftlich, bis er sich schließlich von mir löst.

„Puh, entweder du hörst auf damit oder wir verlassen diese Wohnung nicht mehr …"

„Okay, gut. Dann muss ich mich beherrschen", beschließe ich, stelle mich vor den Spiegel im Flur und hole meinen Lippenstift aus der Clutch, um den entstandenen Schaden zu beheben.

„Dann los!" Er gibt mir einen Klaps auf den Hintern und schiebt mich sanft aus der Tür, sobald mein Makeup wieder sitzt.

„Geh doch schon mal vor", schlage ich ihm vor, als wir aus dem Wagen aussteigen, „ich muss noch mal kurz telefonieren."

Er wirft mir einen Blick zu, der mir sagt, dass er mir kein Wort glaubt, meckert aber nicht, sondern nickt und marschiert los. Ich rufe Emma an, um die letzten Dinge für die Geburtstagsparty am nächsten Wochenende abzusprechen, ob die Weinlieferung aus Frankreich angekommen ist und auch sonst alles klappt.

„Ja, alles läuft perfekt, Megan. Es wird eine Wahnsinnsparty werden", teilt sie mir euphorisch mit. „Es haben fast alle zugesagt, das Event will sich anscheinend niemand entgehen lassen."

„Kein Wunder", sage ich. „Wer mietet schon einen Ballsaal für fünfhundert Leute in einem Luxushotel für eine Geburtstagsfeier?"

„Dein Dad kennt eben viele Leute. Es kommen viele Gäste aus Übersee. Ich bin froh, dass ich Unterstützung von Jonathans Sekretärin habe. Alleine die Zimmerbuchungen wären mir sonst über den Kopf gewachsen."

„Okay, Emma. Super. Ich wollte mich nur vergewissern, ob ich noch was tun kann."

„Nein, ich glaube momentan nicht. Wenn doch, melde ich mich."

„Du bist ein Schatz, Emma. Danke dir."

„Aber nicht doch, es ist mir ein Vergnügen."

„Gut, dann wünsche ich dir einen schönen Abend."

„Danke, dir auch viel Spaß. Ist heute nicht dieses Essen für den Mitarbeiter, der zu Unrecht verdächtigt wurde?"

„Ja, genau. Also bis bald. Tschüss."

Woher sie das alles immer weiß? Gut, ich habe mich früher schon gewundert, dass Emma immer über alles im Bilde war. Vor ihr konnte man wirklich nie ein Geheimnis haben. Ich muss schmunzeln und gehe endlich in das Restaurant. Ich hoffe, ich bin nicht die Letzte.

Erst nach einigen Schritten fällt mir auf, dass es ziemlich vertraut klang, wie sie über meinen Dad und seine Sekretärin geredet hat. Jonathans Sekretärin … Es hätte auch ein Telefonat mit der Partnerin meines Dads sein können, nicht mit seiner Haushälterin oder seiner privaten Assistentin, wie er sie immer nennt.

Ich runzele die Stirn. Nein, ich bilde mir was ein. Meine Nerven sind nach dem ganzen Stress mit Hunter, der Entführung und Dennis sicher nur überspannt. Da ist nichts, außerdem wäre da ja auch noch Helen. Er wird doch wohl nicht gleich mit zwei Frauen ein Verhältnis haben!

O Gott. Ich schüttelte den Kopf, ich muss damit aufhören, meinem Dad ein umtriebiges Sexualleben anzudichten. Ich will darüber gar nichts wissen.

Als ich das Separee betrete, sitzen schon fast alle am Tisch und halten sich an einem Aperitif fest. Ich begrüße meinen Vater mit einer Umarmung, nicke in die Runde und setze mich dann ihm gegenüber auf einen freien Stuhl.

Verstohlen sehe ich mich nach Hunter um. Er ist in ein Gespräch mit dem Leiter der Marketingabteilung vertieft. Als ob er spüren würde, dass ich ihn ansehe, wendet er sich mir zu und nickt. Es ist eine förmliche Geste, passend dafür, dass uns nichts außer der Arbeit verbindet.

Ich bemerke an der aufsteigenden Hitze, dass mein Hals und meine Wangen von einer verräterischen Röte überzogen werden. Ich hoffe, das Make-up kaschiert das alles.

„Guten Abend, darf ich Ihnen etwas zu trinken bringen?", fragt mich eine Kellnerin in traditioneller chinesischer Robe.

„Ja, gern. Ich nehme einen Champagner, bitte."

Sie stimmt mit einem Kopfnicken zu. „Sehr gerne, ich bin gleich wieder zurück, Madam."

Die Runde ist klein, nur das Top-Management ist eingeladen. Meine Hände werden feucht, als mein Dad sich nach der Vorspeise erhebt, sein Glas in die Höhe reckt und mit einem Dessertlöffel dagegen schlägt.

Ich muss schlucken, weil ich so glücklich bin, dass dieser Alptraum für Hunter endlich ein gutes Ende nimmt.

„Guten Abend noch einmal", sagt mein Dad und lässt seinen Blick über die Anwesenden schweifen. „Vielen Dank, dass Sie meinem kurzfristigen Aufruf gefolgt sind ..."

Natürlich war es nicht *sein* Aufruf, aber ich will mich nicht aufregen, dass er nicht „unseren" gesagt hat.

„... wir sind heute aus einem sehr erfreulichen Grund zusammengekommen. Wir werden nämlich Hunter Kim wieder in unserem Kreis aufnehmen. Lieber Hunter, ich muss mich und möchte mich in aller Förmlichkeit bei Ihnen entschuldigen. Es tut mir von ganzem Herzen leid, dass wir den falschen Beweisen aufgesessen sind und den wahren Schuldigen erst kürzlich hinter Gitter bringen konnten. Ich hoffe, Sie vergeben mir."

Kein Wort wird gesprochen, alle hören gebannt zu. Viele mustern Hunter heimlich, so auch ich.

Er sitzt aufrecht da. Stolz und männlich hört sich an, was mein Dad zu sagen hat, und Liebe für Hunter erwärmt mein Herz.

Ja, es ist Liebe. Ich habe mich in ihn verliebt und nachher, wenn wir zu Hause sind, werde ich es ihm sagen. Die Anspannung fällt gerade von mir ab, ihm widerfährt endlich Gerechtigkeit und seine Ehre ist wiederhergestellt.

Hunter schiebt seinen Stuhl zurück und steht auf. Er deutet eine förmliche Verbeugung an, blickt meinem Dad dann ins Gesicht. „Vielen Dank, Sir. Ich nehme Ihre Entschuldigung an."

Mein Vater umrundet den Tisch und schüttelt ihm die Hand, klopft ihm kameradschaftlich auf die Schulter. „Gut, dass wir dieses finstere Kapitel hinter uns lassen, Hunter. Auf die Zukunft."

„Auf die Zukunft", erwidert Hunter.

Mein Dad dreht sich wieder in die Runde. „Erheben Sie bitte alle Ihr Glas! Auf Hunter Kim. Auf die Zukunft!"

Zustimmendes Gemurmel, alle nehmen ihren Dessertlöffel und schlagen gegen ihre Gläser. Kollektives Klirren erfüllt das Separee. Ich löse mich aus meiner Starre und wiederhole mechanisch. „Auf die Zukunft", bis alle von ihrem Drink nippen und sich jeder wieder setzt.

Obwohl Hunter jeden Grund hätte, sich heute zu betrinken, was auf Firmenfeiern im asiatischen Raum absolute Normalität ist, hält er sich zurück.

Er wirkt beinahe reserviert auf mich, während die anderen Teilnehmer längst mindestens angeheitert sind. Mein Dad trinkt selten viel, er als Boss darf sich das erlauben.

Nach dem Dessert ist die Stimmung noch gelöster, es wird gelacht, noch mehr getrunken und diskutiert.

„... ich bin aber nicht der Meinung", werfe ich ein. „Es ist ja vielmehr so, dass die Regierung überhaupt keine Möglichkeit hat, anders vorzugehen ..."

„Megan", unterbricht mich mein Vater wie ein Kleinkind. „Sei nicht albern. So ist es ganz und gar nicht."
Ich höre gar nicht richtig hin, was er noch sagt. Dass er, wie so oft, vor allen dazwischenfunkt und mir das Wort abschneidet, trifft mich hart. Ich dachte, dass wir unser Verhältnis verbessert hätten, dass er nach den vergangenen Ereignissen meine Auffassung endlich mehr schätzen würde.
Da habe ich mich wohl getäuscht.
Ich bemerke, dass Hunter mich düster fixiert. Mir ist klar, dass er will, dass ich meinem Dad Widerworte gebe, aber das kann ich nicht. Ich ... bin nicht stark genug. Kaum merklich schüttele ich den Kopf und versuche ihm wortlos zu verstehen zu geben, dass er das nicht von mir erwarten kann.
Offenbar will er das nicht akzeptieren. Er steht so abrupt auf, dass sein Stuhl nach hinten kippt. „Ich denke, ich werde jetzt gehen", teilt er der Runde kühl mit. Alle Gespräche verstummen und jedem ist nun klar, dass hier gerade etwas passiert ist, nur keiner weiß, worum es sich handelt. Nur Hunter und ich wissen, warum er genug hat.
„Aber der Abend fängt gerade erst an", protestiert der Marketingchef, dessen Zunge schon sehr schwer geworden ist, und will ihn am Ärmel festhalten und ihn so am Gehen hindern. Hunter schüttelt seine Hand ab, was man nicht anders als grob unhöflich nennen kann.
Bei ihm scheint eine Sicherung durchgebrannt zu sein, ich würde seinen grimmigen Ausdruck Tunnelblick nennen.

Er starrt mich an und lässt mich nicht aus den Augen, als ob er darauf wartet, dass ich noch etwas sage.

Ich kann nicht und ich will nicht. Ich lasse mich nicht von meinem Freund dazu zwingen, wann und wo ich mich gegen meinen Vater auflehne.

Wenige Sekunden später nickt er meinem Dad zu – so viel Höflichkeit muss dann wohl doch noch sein – und geht. Er geht einfach. Man könnte es beinahe als Flucht bezeichnen.

Nur, was heißt das jetzt?

Ich kann ihn nicht ziehen lassen, es ist doch *sein* Abend! Er darf sich nicht wegen so einer kleinen Sache – die noch dazu gar nicht seine Angelegenheit ist – den Abend verderben lassen.

Kurzentschlossen lege ich die Serviette auf meinen Stuhl und entschuldige mich.

Ich eile, so schnell es mir auf hohen Absätzen möglich ist, in die Richtung, in die Hunter verschwunden ist, ohne zu rennen. Vor der Tür des Restaurants finde ich ihn, wo er am Straßenrand ein Taxi anzuhalten versucht.

„Hunter, warte! Du kannst doch nicht einfach abhauen."

Er dreht sich zu mir. Seine dunklen Augen drücken Bedauern aus. „Ach, Megan, wann hört es endlich auf, dass du dich so behandeln lässt."

„Was geht es dich denn an, es ist meine Sache, oder nicht?", zische ich und mache einen Schritt auf ihn zu, ohne seinem Blick auszuweichen.

„Das ist vielleicht der Punkt." Er zieht mich an seinen Körper und küsst mich hart und unnachgiebig.

Obwohl ich sauer auf ihn bin, reagiere ich auf ihn wie immer. Plötzlich löst er sich von mir. „Es geht mich nichts an, Megan. Es geht mich nichts an, verdammt noch mal!" Seine Stimme zittert vor lauter unterdrückter Emotionen. „Ich will aber, dass es mich etwas angeht. Nur du anscheinend nicht."

Es tut mir weh, dass er das sagt. Meine Kehle ist trocken und mein Herz pocht schnell. „Du lässt mich nicht in dein Leben, Megan, und ich glaube, du wirst es nie vollständig tun können. Du bist mehr wert als das. Wenn du das nicht sehen kannst, hat es alles keinen Sinn. Ich will keine Affäre, Megan. Ich will es so nicht. Und du bist anscheinend nicht zu mehr bereit."

Doch, will ich rufen, nichts außer einem erstickten Schrei kommt aus meinem Mund. Er geht einen Schritt zurück und sieht mich traurig an.

„Es tut mir leid, Megan. Aber ich glaube, es funktioniert nicht."

Hunter wendet sich ab von mir und winkt jetzt energischer nach einem Taxi. Ich will zu ihm gehen, mein Körper reagiert nicht. Ich kann ihn nur anstarren, realisiere wie in Zeitlupe, dass ein Wagen anhält und er hineinsteigt. Er schaut zu mir, seine Miene ist so versteinert wie mein Herz.

Es ist vorbei. Es ist vorbei, bevor es wirklich angefangen hat. Die Erkenntnis trifft mich hart. Das gelbe Taxi rollt an und mit jedem Meter, den er sich von mir wegbewegt, fühle ich mich hilfloser. Ich kann mich jetzt nicht selbst bemitleiden, ich muss wieder reingehen. Man erwartet mich sicher längst. Ich schließe die Augen für eine Sekunde und straffe meinen Rücken, bevor ich wieder hineingehe.

Mein Dad ist der Einzige, der meine Rückkehr mit einem fragenden Blick beachtet, alle anderen sind so betrunken, dass sie meine Abwesenheit nicht als merkwürdig empfunden haben. „Ich denke, ich werde aufbrechen, Dad", sage ich über den Tisch hinweg zu ihm. „Das Wochenende war kurz und ich bin nach den Ereignissen der letzten Tage doch ein wenig müde."

Er neigt den Kopf zur Seite und mustert mich intensiv.

Ich denke gar nicht daran wegzusehen. Wenn er fragen will, soll er fragen.

„Gut", entgegnet er und nickt. „Komm gut nach Hause, Liebes. Dein Fahrer wartet, oder möchtest du meinen?"

„Nein, danke, ich komme zurecht."

Ich verabschiede mich von unseren Mitarbeitern und meinem Vater und verlasse das Restaurant zum zweiten Mal innerhalb einer Viertelstunde. Vielleicht kann ich zu Hause mit Hunter reden. Er kann es nicht ernst gemeint haben, dass er alles, was uns verbindet, wegwirft, nur weil ihm meine Reaktion auf das Verhalten meines Vaters nicht gefällt.

Hatte ich noch einen Funken Hoffnung, während ich auf dem Weg war, so verpufft er in dem Moment, als ich meine Wohnung betrete.

Das Licht brennt zwar, aber Hunters Sachen sind weg.

„Das kann ich einfach nicht glauben", murmele ich fassungslos und lasse mich aufs Sofa sinken. Dass dieser Abend so enden würde, hätte ich nicht gedacht.

15

DREIMAL HABE ICH in der Nacht versucht ihn zu erreichen, er hat mich jedes Mal weggedrückt. Es tut mir weh, dass er uns keine Chance geben will, sein beharrliches Schweigen sagt mehr als tausend Worte. Auch am Morgen danach fühlt es sich nicht besser an.

Vielleicht ist Hunter beim Essen gestern bewusst geworden, dass er keine Zukunft in einer Beziehung mit der Tochter vom Chef sieht. Andere Männer würden es wahrscheinlich genau darauf anlegen, einen guten Schwiegersohn zu spielen.

Er ist aber nicht wie andere.

Sollte ich das noch nicht verstanden haben, so muss ich es jetzt – auch wenn es mir nicht gefällt – akzeptieren. Ich werde ihm nicht hinterherlaufen, sondern professionell genug sein und unsere Arbeitsbeziehung nicht darunter leiden lassen.

Das ist fatalerweise nicht so einfach. Als ich ihn eben auf dem Flur getroffen habe, wollte ich nichts sehnlicher als mich in seine Arme werfen und bei ihm entschuldigen. Natürlich habe ich das nicht getan.

Es tut weh, so verdammt weh, nach allem, was wir gemeinsam durchgestanden haben. Plötzlich nur noch seine Chefin zu sein ist alles, was bleibt.

Ich wünschte, es wäre anders, aber ich denke, ich würde bei einer zweiten Chance wieder so reagieren.

So bin ich nun mal aufgewachsen und erzogen worden. Mein Dad ist das unangefochtene Oberhaupt der Familie, und wenn er etwas zu sagen hat, dann ist das Gesetz, ob es mir passt oder nicht.

Am späten Nachmittag bin ich so weit, dass ich es nicht mehr aushalte. Ich muss mit Hunter sprechen, also nehme ich all meinen Mut zusammen und gehe zu ihm.

Er sitzt an seinem Schreibtisch und ist in seinen Bildschirm vertieft.

„Können wir kurz reden?", frage ich und schließe die Tür leise hinter mir.

Unsere Blicke treffen sich und meine Beine fühlen sich wackelig an. Alles, was ich habe sagen wollen, ist wie ausgelöscht.

„Megan", entgegnet er knapp. Nicht mehr.

„Wo willst du jetzt leben?"

„Vorerst in einem Hotel. Eine neue Wohnung zu finden, wird nicht lange dauern."

Ich nicke und knete meine Hände. „Warum lässt du es mich nicht erklären, Hunter?"

Er seufzt und reibt sich mit den Fingern über die Nasenwurzel. „Na schön, erklär es mir."

„Du weißt, ich kann nicht aus meiner Haut."

Er nickt und zuckt dann mit den Schultern. „Und ich nicht aus meiner."

„Was ist denn so schlimm daran?"

„Was so schlimm daran ist? Ich bitte dich, Megan. Alles. Wir hatten nie eine reelle Chance. Zwischendurch dachte ich, es könnte funktionieren, aber die Realität hat uns eingeholt. Du und ich, es würde nie gutgehen. Wir sind zu verschieden."

„Das heißt, alles, was ich jetzt sage, ändert nichts mehr?"

Er sieht mich traurig an und schüttelt den Kopf.

„Wenn du willst, dass ich kündige, tue ich das."

Der Schock trifft mich. Ich will nicht, dass er das Unternehmen verlässt. „Nein!", rufe ich leise. „Nein, das ist ... nicht nötig. Bestimmt nicht. Wir haben so hart dafür gekämpft, dass du deinen Job wiederbekommst."

„Die Lage hat sich geändert."

„Hunter ..."

„Nein, schon gut", unterbricht er mich und hebt die Hand. „Wenn du deine Meinung änderst ... Es ist okay. Ich kann jetzt vielleicht auch woanders einen Job finden, nachdem dein Dad alles richtiggestellt hat."

Ich muss schlucken, er fährt fort: „Lass uns versuchen, etwas Abstand zwischen uns zu bringen, ja? Es wird sicher einfacher mit der Zeit."

Nicht mal, wenn ich in Europa wäre und er hier, würde mich das davon abhalten, an ihn zu denken. „Natürlich", sage ich tonlos. Alles andere hat keinen Zweck, er hat sich entschieden, und ich muss es hinnehmen, ob ich will oder nicht.

„Es war eine irrwitzige Idee!", brummt er und rauft sich die Haare. „Ich hätte nie etwas mit dir anfangen dürfen."

„Bereust du es?", frage ich und Tränen verschleiern meinen Blick.

„Nein." Seine Stimme klingt aufrichtig und erstaunlich fest. „Nein, ich bereue nichts."

Ich muss dringend hier raus, vor Hunter werde ich nicht weinen. „Dann ... alles Gute", murmele ich tränenerstickt und verlasse sein Büro. Die Tür lasse ich offen stehen, ich habe es eilig.

Auf dem Flur laufe ich meinem Dad in die Arme.

„Megan, Liebes, alles in Ordnung?"

„Ja, sicher. Ich, … ich habe nur eine Wimper im Auge, ich muss ins Badezimmer."

Ich stolpere davon und rette mich in die Toilette, wo ich mich auf einen zugeklappten Deckel fallen lasse und tief durchatme.

Die restliche Arbeitswoche wird die Hölle für mich. Ich gehe Hunter so weit wie möglich aus dem Weg. Ganz kann ich leider nicht verhindern, ihn zu sehen. Jedes Mal ist es, als ob mir jemand mit einem Messer ins Herz sticht. Ich spreche ihn nicht mehr darauf an. So bleibt uns zum Schluss das große Drama erspart.

Das Klingeln meines Handys reißt mich aus meiner Lethargie.

„Megan, Liebes, wo steckst du? Ich habe dich die ganze Woche noch nicht gesehen."

Am anderen Ende ist meine Großmutter. Ihre Stimme klingt ernsthaft besorgt und nicht vorwurfsvoll, wie man es von ihr erwarten würde, wenn man ihre Routine stört oder eben nicht wie üblich erscheint.

„Es war so viel zu tun", lüge ich.

„Aber heute wirst du wohl kommen, oder?"

„Sicher", entgegne ich lustlos.

„Wann?"

Ich muss grinsen. Sie wäre nicht meine Oma, wenn sie nicht auf einen konkreten Zeitpunkt bestehen würde.

„Ich wollte eigentlich jetzt los", lüge ich.

„Sehr gut, dann lasse ich gleich den Tee zubereiten."
„Alles klar."
Meine Großmutter beendet das Gespräch ohne ein weiteres Wort. Ich schließe die Fenster auf meinem Desktop und fahre den Computer herunter. Heute habe ich wirklich gar nichts geschafft, es ist mir egal. Zum ersten Mal in meinem Leben ist es mir gleichgültig, dass ich meinen Job vernachlässige, weil ich nur an ihn denken kann.

Dass es so wehtun würde, hätte ich nicht in meinem dunkelsten Träumen erwartet. Liebeskummer ist fürchterlich, und ich möchte so schnell wie möglich darüber hinwegkommen. Trübsal blasen ist dafür ein fragliches Rezept, aber für alles andere habe ich leider überhaupt keine Energie. Es ist, als ob mit Hunter alle Freude aus meinem Dasein gewichen wäre.

Nichts macht mir mehr Spaß, jeder Tag ist eintönig und viel zu lang. Es fällt mir schwer, morgens meine Beine aus dem Bett zu heben, mich anzuziehen und zur Arbeit zu gehen.

Nur mein Pflichtgefühl gibt mir die letzte Kraft weiterzumachen, und die Gewissheit, dass die bohrenden Fragen von allen Seiten, warum ich nicht zur Arbeit komme, noch anstrengender wären als mich tatsächlich dort blicken zu lassen.

Wie ich die Geburtstagsparty mit knapp fünfhundert geladenen Gästen am Samstag überstehen soll, weiß ich noch nicht. Mich unter so vielen glücklichen Menschen aufzuhalten, erscheint mir momentan schlichtweg unerträglich.

Als ich eine halbe Stunde später im Salon eintreffe, wartet Granny schon auf mich. Sie trägt ein graues Kostüm und eine fliederfarbene Bluse. An ihrem Hals baumelt eine zweireihige Perlenkette, die dazu passenden Stecker trägt sie an den Ohren.

„Hallo Granny", begrüße ich sie, setze ein Lächeln auf und gebe ihr ein Küsschen auf die Wange. „Du siehst ja schick aus heute."

„Guten Abend, Megan, Liebes. Ich wünschte, ich könnte das Kompliment zurückgeben, leider muss ich sagen, du siehst grässlich aus."

Ich lasse mich resigniert in einen Sessel sinken. „Ich habe einfach viel zu tun."

Sie wedelt mit ihrer Hand vor meinem Gesicht. „Papperlapapp, du hast immer viel zu tun. Aber dass du mich seit einer Woche, nach deinem Spontanurlaub, hängen lässt und nicht mehr zum Tee erscheinst, das ist noch nie vorgekommen. Also, wie heißt er?", löchert sie mich und ich verfalle kurzzeitig in Schnappatmung.

„Wie heißt wer?", höre ich von der Tür aus und Ashley gesellt sich zu uns.

„Guten Abend, Ashley, Liebes", flötet meine Granny und gießt Tee in drei Tassen. „Du kommst gerade richtig, wo es spannend wird. Also, Megan. Wer ist der Glückliche?"

„Warum zur Hölle vermutest du, dass ein Mann der Grund ist?"

Sie lacht trocken. „Es sind immer die Männer, die uns das Leben unerträglich machen, nicht?"

Ashley klopft sich auf den Oberschenkel und prustet. „Granny, diese Worte aus deinem Mund sind mir neu."

„Bislang hatte ich noch keinen Grund, meine Erfahrungen über Männer mit euch zu teilen."

„Ach, und jetzt ja?", frage ich verwirrt.

Ich kapiere immer noch nicht, woher sie es wissen kann. Ist sie Hellseherin? Oder wie kommt sie darauf?

„Liebes. Ich muss keinen Detektiv engagieren, um eins und eins zusammenzuzählen."

Ashley hebt eine Augenbraue, während ich Zucker in meinen Tee gebe und umrühre.

„Du bist erst völlig überstürzt im Urlaub, kehrst wenig erholt und als anderer Mensch zurück."

„Das nenne ich mal Psychoanalyse." Ashley nickt anerkennend.

„Es ist albern und nicht richtig", beharre ich.

„Du liebst ihn?", hakt meine Großmutter hoffnungsvoll nach.

„Wen denn eigentlich, verflucht noch mal?", drängelt Ashley.

„Psst, Ashley, jetzt ist Megan an der Reihe", maßregelt Granny meine Schwester.

Ich seufze und werfe die Hände in die Luft. „Es ist egal, wer es ist, denn es ist vorbei!"

„Heureka!", jubelt Granny. „Megan hat einen Mann gefunden."

Ich presse die Lippen aufeinander. Versteht sie kein Englisch?

„Ich sagte: Es ist vorbei."

Granny winkt ab. „Dass ihr jungen Dinger immer so schnell aufgebt!"

Ashley sieht ungläubig zwischen uns hin und her. „Jetzt bin ich echt neugierig, Leute! Wo, verdammt, lernst du einen Mann kennen, Megan? Du kennst doch nichts anderes als deine Arbeit."

„Bingo", jauchzt Granny. „Es muss ein Kollege sein."

„Gott, die NSA ist ja nichts gegen euch", schnaube ich.

„Wow", Ashley kneift die Augen zusammen. „Es ist dieser Koreaner, nicht? Der, von dem ihr dachtet, er hätte interne Informationen an die Konkurrenz verraten?"

„Ein Koreaner?", jammert Granny und lässt sich im Stuhl zurücksinken. „Es gibt doch so viele nette Briten hier in Shanghai!"

„Granny!", stoßen ich und Ashley gleichzeitig aus.

„Bitte, bitte. Also dann ein Koreaner. Und wo ist das Problem?"

Ja, wo ist eigentlich das Problem?

„Wir sind zu verschieden."

„Meine Güte, ihr emanzipierten Frauen bringt mich noch ins Grab", stöhnt meine Großmutter.

„Jetzt lass sie doch mal reden, Granny", schimpft Ashley. „Vielleicht kommt er ja auch einfach nicht mit einer starken Frau klar."

„Nichts davon. Er findet, ich sollte mich in der Firma nicht so von meinem Vater unterbuttern lassen, und er ist nicht bereit, eine Beziehung mit mir zu führen, wenn ich nicht öffentlich zu ihm stehen kann."

Ashleys Mund klappt auf und meine Großmutter scheint zu überlegen. „Sehr sympathisch, der junge Mann, nimm ihn doch mal mit", meint sie dann und ich verdrehe die Augen.

Hat sie denn gar nicht zugehört?

Als Dad, Tessa, Kate und Helen beinahe gleichzeitig hereinkommen, bin ich froh, dass ich aus diesem Kreuzfeuer entfliehen kann.

„Ihr haltet den Mund", warne ich sie leise. Ashley kichert und Granny wendet ihr Gesicht verschnupft ab, besitzt aber so viel Taktgefühl, mich nicht vor meinem Vater in Verlegenheit zu bringen.

Das Dinner verläuft schleppend und ich folge der Konversation nur halbherzig. Gegen zehn verabschiede ich mich und fahre zurück in meine einsame Wohnung.

Wie lange ich wohl noch als Trauerkloß umherwandeln werde? Ich schreie auf, als mich das Klingeln meines Handys vor Schreck hochfahren lässt. Wenn es meine Oma ist, werde ich nicht abheben.

Ashley.

Auch nicht besser.

„Was ist?", knurre ich ins Telefon.

„Ich will wissen, wie es ist, wenn man einen Kollegen vögelt."

„Du bist primitiv, Ash."

„Und?"

„O Mann. Wir haben es nicht bei der Arbeit getan."

„Wie schade, Macao war also euer erster Liebesurlaub?"

„Nein, er hat mich entführt, nach Moganshan."

Ich kann förmlich hören, wir ihr Kiefer auf dem Boden aufschlägt.

Endlich, das erste Mal in meinem Leben kann ich meine Schwester schockieren.

„Nein!", haucht sie. „Im buchstäblichen Sinne? Er hat dich überrascht und ihr seid einfach abgehauen?"

„Haha. Nein, nicht ganz. Er hat mir eine schwarze Haube aufgezogen, mich mit Tape gefesselt und ist mit mir aus Shanghai abgerauscht."

„Du verarschst mich. Witzig! Einen Moment lang hab ich dir geglaubt."

„Es stimmt, er hat mich gezwungen, ihm zu helfen, und dabei haben wir bemerkt, dass wir uns ... mögen."

„Also hat er doch die Infos weitergegeben?"

„Nein, er ist wirklich unschuldig."

„Wie romantisch", säuselt sie und ich atme hörbar aus.

„So sehr, dass es vorbei ist. Er kommt nicht damit klar, dass ich die Tochter des Chefs bin."

„Tragisch."

„Mehr hast du nicht zu sagen?"

„Nein, warte mal. Kommt er am Samstag auch?"

O nein.

„Wage es nicht, dich in mein Liebesleben einzumischen", warne ich sie gefährlich leise.

„Keine Angst, ich halte mich da raus. Ich behalte euch im Auge, Megan. Was für ein Spaß."

„Gott, du bist unmöglich", schimpfe ich, muss aber grinsen.

„Okay, Sis. Wollte nur hören, ob es dir gutgeht."

Es geht mir nicht gut.

„Dann hast du dich ja überzeugt."

„Hm. Na ja. Zumindest bist du nicht selbstmordgefährdet."

„Solche geschmacklosen Witze kannst nur du machen. Hast du etwa mit Helen geredet?"

„Ja, habe ich. Sie glaubt ja, dass Mum sich von den Klippen gestürzt hat. Denkst du das auch?"

Was für ein Themenwechsel! Ich bin froh, dass ich nicht weiter über mein verkorkstes Liebesleben sprechen muss. „Glaube ich eigentlich nicht, aber was weiß ich schon? Wir waren Kinder."

„Ich will der Sache endlich auf den Grund gehen."

„Und wie willst du das machen?"

„Wenn ich hier etwas Luft habe, plane ich, nach England zu reisen. Es ist Jahre her, dass ich mal im Haus war."

„Da wirst du nichts finden, die Polizei hat damals alles tausendmal durchsucht."

„Ich weiß. Aber ich brauche es vielleicht einfach, um damit abzuschließen."

„Ja, es ist nicht leicht."

„Nein, irgendwie nicht."

Schweigen breitet sich aus, wir hängen beide unseren Gedanken nach.

„Okay, Megan. Ich muss ... Bis Samstag. Und ... ich bin beeindruckt von dir, also, dass du mal so was Verwegenes durchgezogen hast, meine ich", verabschiedet sie sich und legt auf.

Dieses verrückte Huhn. Ich hoffe sehr, sie wird auf der Party keine blöden Sprüche reißen und mich nicht vor Hunter und allen anderen in eine unangenehme Situation bringen.

16

ES IST SCHRECKLICH. Alle um mich herum scheinen Spaß zu haben. Es wird gelacht, geredet und getrunken. Auf dem Flügel, der auf einer Bühne am Ende des Saales steht, spielt ein begnadeter Pianist. So gefühlvoll, dass es ein Jammer ist, dass er nicht in einem großen Konzertsaal sitzt, sondern nur die Begleitmusik zu einer Geburtstagsparty liefert und ihn kaum jemand beachtet.

„Hey, Megan", begrüßt mich Virginia mit ihrem Freund Liam im Schlepptau. „Wir sind wieder da. Gott sei Dank hat das noch geklappt mit unserem Flug."

So knapp kann nur meine Schwester ihre Ankunft zu so einer wichtigen Feier planen. Ich spare mir einen bissigen Kommentar. Irgendwie habe ich nicht die Kraft, sie zu maßregeln, eigentlich ist sie auch alt genug.

„Hi Virginia, hi Liam", sage ich und umarme beide nacheinander.

Meine kleine Schwester sieht mich verwirrt an.

„Was ist?", frage ich und kneife meine Augen leicht zusammen. „Habe ich einen Fleck auf meinem Kleid?"

Sie lacht. „Nein, im Gegenteil, du siehst hübsch aus."

„Sie hat recht", meint Liam, zieht Virginia enger an sich und streicht mit seinem Daumen über ihre nackte Schulter.

Ich schaue in eine andere Richtung, die Liebe der beiden ist förmlich im Raum greifbar. Ich gönne es ihr von Herzen, aber mein Schmerz ist noch zu frisch, als dass ich es ertragen könnte, andere Menschen glücklich zu sehen.

„Wie war Australien?", erkundige ich mich aus reiner Höflichkeit.

„Oh!", Virginia wirft ihre Arme in die Luft, „Liams Familie ist so nett. Echt toll!"

„Schön, das freut mich", bringe ich mit einem Lächeln hervor. „Entschuldigt ihr mich bitte, ich muss ein paar Gäste begrüßen. Wir sehen uns später noch, ja?"

Damit lasse ich die Turteltäubchen hinter mir und suche nach einer Servicekraft, die ein Tablett mit Drinks herumträgt. Ich brauche unbedingt etwas in der Hand ... und in der Blutbahn.

Als ich endlich versorgt bin, nehme ich mir einen Moment, um mich umzusehen.

Die Party ist in vollem Gange und es wirkt auf mich, als wären alle zufrieden. Emma hat ganze Arbeit geleistet, das muss man ihr lassen. Sie steht mit meinem Dad am Rande des Saales und bespricht etwas. Heute gibt es hundert Dinge, die noch beachtet werden müssen, sicher checkt sie mit ihm gerade den Zeitplan, vielleicht, wann er seine Rede halten will. Das gehört dazu, wenn man so viele Leute zu einem derartigen Abend einlädt. Politiker, Stars oder Möchtegern-Größen der Expat-Szene, Geschäftspartner und solche, die es werden sollen, wollen alle persönlich begrüßt werden.

Es wundert mich, dass ich Hunter noch nicht entdeckt habe. Möglicherweise ist er gar nicht gekommen. Er fehlt mir, aber es ist definitiv besser, dass ich ihm aus dem Weg gehe – im Büro und vor allem auf einer Feier wie dieser.

„Megan, Liebes, was stehst du hier so alleine?", fragt mich meine Großmutter. Keine Ahnung, woher sie so plötzlich aufgetaucht ist.

„Ich habe mich gerade umgesehen, ob auch alle hier sind."

Sie lächelt mich wissend an. „Und, hast du deinen Traumprinzen gefunden?"

„Granny, hör doch auf."

„Na na, schon gut. Dann misch dich mal unters Volk, bis der große Auftritt kommt."

Damit lässt sie mich stehen. Ich kann gar nicht nachvollziehen, wieso sie wegen dieser Rede so aus dem Häuschen ist. Sonst ist sie für gesellschaftliche Anlässe nicht zu begeistern.

Da müsste schon die Queen höchstpersönlich auf dem Teppich auftauchen. Ich trinke meinen Champagner aus und schlendere ein wenig im Saal umher, schnappe mir zwei Kanapees von einem Tablett und nehme mir noch einen Drink.

Hier und da wechsele ich ein paar Höflichkeitsfloskeln mit Bekannten, bis es mir zu viel wird. Ich stelle mein noch volles Glas auf einen Stehtisch, verlasse den Saal und suche die Toiletten auf.

Wie es sich für ein Nobelhotel der Extraklasse gehört, befinden sich ein Sofa und einige Stühle im Vorraum der Damentoilette.

Hier kann man sich nachschminken oder einfach nur eine Sekunde durchatmen. Genau das habe ich vor. Ächzend lasse ich mich – soweit es mein enges Kleid erlaubt – auf das Polster sinken und schlüpfe aus den High Heels. Ich bin es nicht gewohnt, lange darin herumzulaufen, und meine Füße schmerzen schon nach zwei Stunden höllisch.

Tja, wer schön sein will, muss leiden, denke ich sarkastisch.

Nur, für wen soll ich mich schön machen? Der eine, den ich will, will mich nicht. Ich schließe die Augen und lehne meinen Kopf an die Wand hinter mir. Ich höre, dass die Tür aufgeht. Es ist mir egal, ich rühre mich nicht.

„Was machst du hier, Megan?" Der aggressive Tonfall lässt mich blinzeln.

„Ashley", seufze ich. „Was ist los? Ich ruhe mich einen Moment aus."

„Du verpasst alles", ruft sie aufgebracht. „Los, zieh die Schuhe an und komm mit!" Sie wartet nicht auf eine Reaktion, sondern hilft mir höchstpersönlich auf die Beine.

„Was ist nur in dich gefahren, spinnst du?"

„Halt die Klappe und komm jetzt mit, sonst wirst du es bereuen!"

Ob meine Schwester neuerdings Drogen nimmt? Ich habe gegen ihre bestimmte Art keine Chance, und ehe ich mich versehe, stolpere ich hinter ihr her.

Als ich den Saal hinter ihr betrete, ruft sie laut. „Hier! Hier ist sie!"

Alle drehen sich zu mir um und es bildet sich eine Gasse. Ich kapiere nicht, was hier vor sich geht. Als sich die Reihen lichten, trifft mich beinahe der Schlag.
Mein Dad ist auf der Bühne, ich habe tatsächlich seine Rede verpasst. Neben ihm steht – Hunter! Beide halten ein Mikrofon in der Hand.

Äh, was ist das? Entschuldigt er sich noch mal bei ihm auf dieser Feier?

Als endlich alle gemerkt haben, dass ich da bin, fängt die Menge an zu klatschen. Jetzt bin ich endgültig ratlos. Was ist hier los?

„Also, Hunter, mir scheint, die Hauptperson hat alles versäumt, ich schätze, wir müssen das eben als Generalprobe abhaken", sagt mein Dad und lacht.

Hunter nickt ihm zu und grinst breit. „Ja, ich muss zugeben, die erste Version war noch nicht ganz rund."

Gelächter. Ich höre einige Damen, die ein langgezogenes „Ohhhh" von sich geben, so wie man es macht, wenn man irgendwo ein Bild von einem Katzenbaby sieht.

Ungläubig schüttele ich den Kopf, als mir klar wird, dass die beiden mir etwas mitteilen wollen.

Mein Herz hämmert in meiner Brust, mein Mund ist staubtrocken. Ashley schubst mich, dass ich ein paar Schritte weiter nach vorne stolpere.

„Okay, Megan. Also, du hast das Beste nicht verpasst", fängt mein Vater noch einmal an. „Anstatt meiner ursprünglich geplanten Festrede habe ich nach einer langen Unterhaltung mit meiner geliebten Mutter – danke, Mum – etwas zu verkünden, was nicht leicht für mich ist. Diese Aussprache, musst du wissen, hat bereits am Donnerstagabend stattgefunden."

Mir wird leicht übel. Was hat meine Oma ihm erzählt?

„Und dann haben auch noch ein paar Vögelchen etwas von einer jungen Liebe gezwitschert ...", fährt er fort und ich bin dicht davor, Ashley eine zu verpassen. Es kann ja nur sie gewesen sein, die außerdem ihre Finger im Spiel hatte.

„Letzten Endes ist es so, Megan. Hier geht es gar nicht um mich, ich wollte dir nur sagen, dass man nie zu alt ist, um dazuzulernen. Ich möchte mich in gewissen Punkten verbessern." Er räuspert sich. „Also, wenn ich dir das nächste Mal ... ins Wort falle, lass es mich wissen."

Ich ringe nach Luft und halte meine Hände vor den Mund.

„Darauf hat mich übrigens dieser patente Mann hier gebracht." Er deutet auf Hunter. „Und ich muss sagen, das hat mir anfangs ganz schön zu denken gegeben, er hat mich damit beeindruckt, dass er dich so sehr schätzt, dass er sich freiwillig mit mir streitet."

Wieder Gelächter im Saal. Wer meinen Dad kennt, weiß, warum man ihm lieber aus dem Weg geht, als sich mit ihm anzulegen. Ich muss schmunzeln.

Moment mal!

Hunter hat mit ihm geredet?

Oder er mit Hunter?

Ich glaube, ich muss mich gleich übergeben.

„Aber ich habe auch Augen im Kopf, Megan, und ich habe schon in den letzten Tagen geahnt, dass da etwas im Busch ist ... Aber nun ist meine Redezeit abgelaufen und ich gebe das Wort an Hunter. Vielen Dank, liebe Gäste, dass ihr hier seid und mit uns feiert! Hunter, *the floor is yours*", sagt mein Dad lächelnd und tritt zur Seite.

Es wird geklatscht, bis immer öfter ein „Scht" zu hören ist. Offenbar wartet die Menge genauso gierig darauf, was Hunter wohl zu erzählen hat, wie ich.

„Also", beginnt der Mann, den ich liebe, und räuspert sich. „Ich kann nur sagen, auch beim zweiten Mal ist es nicht einfacher." Er grinst und einige Damen kichern.

Damit ist klar, dass er alle Frauen auf seiner Seite hat.

„Liebe Megan, ich möchte mich bei dir entschuldigen. Und wenn wir dabei sind, dann weiß ich gar nicht, wo ich genau anfangen und wo ich aufhören soll. Ich habe so viel falsch gemacht, mich von Vorurteilen und Annahmen leiten lassen. Konventionen habe ich vorgeschoben, weil ich Angst hatte. Dass ich dir damit wehgetan habe, ist unverzeihlich."

Er macht eine Pause und sieht mich an. Dieser Moment existiert nur für uns. Unsere Blicke verhaken sich ineinander und die Welt steht still. Ich liebe diesen Mann so sehr, dass es schmerzt.

„Ja, äh, wo war ich?", sagt er und fährt sich verlegen durch die Haare.

„Entschuldigen!", rufen einige ältere Damen und kichern erneut wie junge Dinger.

„Genau", fährt er fort und tritt einen Schritt weiter nach vorne an den Bühnenrand, das Mikro immer noch in der Hand.

Er geht noch einen Schritt und noch einen, sieht mich die ganze Zeit an. Jetzt steigt er die Stufen hinunter und ich merke, dass die Gäste um mich herum Mucksmäuschen still sind, weil sie gespannt sind, was passiert. Ich muss mich dazu zwingen, zu atmen, was gar nicht so leicht ist. Mein Körper gehorcht mir nicht mehr wirklich.

Meine Knie zittern, meine Hände auch, meine Lippen sind geöffnet und im Augenwinkel hängt eine Träne.

Hunter ist bereits auf halbem Weg bei mir, als er weiterspricht. „Liebste Megan, ich möchte mich von ganzem Herzen bei dir entschuldigen, für meine Fehler, meine Dummheit und mein unmögliches Verhalten."

Und dann ist er vor mir und drückt jemandem neben mir das Mikrofon in die Hand. Mir stockt der Atem endgültig, als er vor mir auf ein Knie fällt und meine Finger mit seinen verschränkt.

„Bitte verzeih mir, Megan. Ich liebe dich. Wenn du mich noch willst, dann machst du mich damit zum glücklichsten Mann der Welt."

„O Gott, Hunter!", flüstere ich und die Träne rollt nun doch über meine Wange. „Natürlich verzeihe ich dir, ich war auch unerträglich! Steh bitte auf, ich bin ... ganz verlegen!"

„Küssen!", werden einige Rufe, um uns herum lauter. Er sieht sich um und dann mich an und steht wieder auf.

„Was meinst du?", fragt er mich und ich nicke, selig lächelnd.

Und dann küsst er mich. Keusch und kurz. Das genügt, mehr Show bekommen die Gäste nicht von uns.

Er zieht mich in seine Arme und hält mich fest. Klatschen und Jubelrufe ertönen um uns. Als ich die Augen wieder öffne, steht meine Großmutter neben uns.

„Granny!", sage ich mit einem tadelnden Unterton, muss aber grinsen.

„Ich wollte den jungen Mann zu seiner Rede beglückwünschen", fängt sie an, lächelt und hält ihm ihre Hand hin.

Hunter löst sich von mir, ergreift ihre und deutet einen Handkuss an.

Ich schmelze dahin.

„Willkommen in der Familie", sagt Granny und klopft ihm auf die Schulter. „Seien Sie nett zu ihr, sonst bekommen Sie es mit mir zu tun."

„Yes, Mam", gibt er nickend zurück und verbeugt sich leicht. „Selbstverständlich."

„O Gott, das ist so peinlich", hauche ich und fächele mir Luft zu.

Die Klaviermusik hat wieder eingesetzt und die Menschen um uns herum kehren – zum Glück – allmählich zu ihren Gesprächen zurück.

„Dann lasse ich euch mal alleine, ihr habt sicher einiges zu bereden", flötet sie und schwebt für ihr Alter verdammt grazil davon.

„Sollen wir kurz rausgehen?", schlägt Hunter vor und nimmt meine Hand.

Es fühlt sich so gut an, so vertraut und schön. Ich habe ihn so wahnsinnig vermisst.

„Ja, gern."

Auf der Suche nach einem ruhigeren Plätzchen laufen wir noch an Ashley und Virginia vorbei, die beide breit grinsen und sich kaum einkriegen können. Alle haben es anscheinend gewusst, außer mir. Kein Wunder, dass Virginia mich vorhin so komisch angeschaut hat!

„Was meinst du?", fragt er, als wir in einen Nebenraum kommen, wo wir tatsächlich alleine sind.

„Ja, sieht passend aus", scherze ich.

Hunter stellt sich vor mich, nimmt mein Gesicht zwischen seine Hände und sieht mir tief in die Augen. „Megan Prescott, es tut mir leid, dass ich dich im Stich gelassen habe. Kannst du mir verzeihen?"

Ich nicke. „Ich habe auch nicht alles richtig gemacht."

„Lass uns in die Zukunft schauen, nicht zurück. Ich liebe dich, Megan."

„Ich liebe dich, Hunter."

Sanft, aber bestimmt legt er seine Lippen auf meine und gibt mir einen langen Kuss.

Epilog

ICH LIEGE MÜDE UND GLÜCKLICH im Bett. Hunter hat seinen Arm um mich gelegt und streicht mir zärtlich über die Haut. Im Geiste lasse ich den Abend Revue passieren, muss schmunzeln und genieße das Gefühl, geliebt zu werden. Allerdings ist jetzt, so nüchtern betrachtet, eine Frage aufgetaucht.

Nach der Feier habe ich mich schon ein wenig gewundert, dass mein Dad seine vermeintliche Beziehung zu Helen doch nicht öffentlich gemacht hat. Vielleicht wollte er Hunter und mir nicht die Show stehlen, aber das halte ich für unwahrscheinlich.

Es muss andere Gründe haben. Ich bin jedenfalls sehr gespannt, ob ich mit meiner Vermutung über Helen und ihn richtig liege. Momentan habe ich jedoch noch einen anderen Punkt, der mir unter den Nägeln brennt. „Wie hast du es nur geschafft, dass dich meine Familie in nur fünf Minuten mehr liebt als mich?", witzele ich.

Hunter tippt mir auf die Nasenspitze. „Das stimmt so nicht ganz, aber ich muss sagen, ich glaube, deine Granny hat direkt einen Narren an mir gefressen." Er lacht und ich schüttele den Kopf.

„Ja, das scheint so. Ein Mysterium ist das, eigentlich mag meine Oma niemanden. Wo hast du so gut tanzen gelernt? Mit dem Walzer hast du dich in ihr Herz geschlichen. Meine Großmutter weint immer noch der alten Zeit hinterher."

„Nicht nur mit dem Walzer, ich vermute, sie mochte mich auch vorher schon."

„Wie vorher?"

„Sie kam mit Ashley am Freitag in mein Hotel und hat mir mal so richtig den Kopf gewaschen."

„Hat sie das, ja?"

„Ja, so richtig."

Ich grinse immer breiter.

„Das kann sie gut."

„O ja. Und deine Schwester auch."

„Und du?"

„Ich musste schließlich einsehen, dass sie recht hatten."

„Tatsächlich? Sehr gut, kannst du dir gleich merken, die Frauen im Hause Prescott haben immer recht."

„Das wusste ich schon vorher, Liebste."

„Hunter! Du Scherzkeks. Aber im Ernst. Du kennst meine Familie nicht wirklich. Wenn du erst mal ein Familienabendessen mitgemacht hast, verlässt du mich bestimmt wieder."

Hunter rollt sich mit einer schnellen Bewegung auf mich und wir haben Glück, dass das Tablett mit dem Frühstück, das neben mir steht, nicht aus dem Bett fällt.

„Sag so etwas nie wieder, Megan. Es gefällt mir nicht, wenn du dich selbst schlechtmachst."

„Okay", hauche ich schuldbewusst und sehe ihn unter halb geschlossenen Lidern an. „Wenn du so auf mir liegst, kann ich sowieso nicht mehr denken."

„Das musst du auch nicht", flüstert er und bedeckt meinen Hals mit heißen Küssen.

„Wir werden zu spät kommen", werfe ich ein und versuche nicht auf ihn zu reagieren.

Natürlich gelingt es mir überhaupt nicht und ich stehe nur Sekunden später in Flammen.

„Ich kann mich beeilen", raunt er mir zu, bevor er beginnt, an meiner Brustwarze zu saugen.

„Hunter", seufze ich und ziehe ihn dichter zu mir heran. Er hat gewonnen. Und ich fühle mich absolut nicht wie eine Verliererin, im Gegenteil: Er ist der Hauptgewinn meines Lebens.

Bonuskapitel Hunter

AUS EINER KURZSCHLUSSHANDLUNG wurde ein neues Leben. Mein Leben. Unser Leben.

Megan ist das Beste, was mir je passiert ist. Im Nachhinein betrachtet, bin ich diesem Arschloch Dennis Wang irgendwie dankbar, dass er mich so tief in die Scheiße geritten hat, dass ich vor Verzweiflung weder ein noch aus wusste und am Ende sogar die Tochter meines Chefs entführt habe.

Ich schüttele den Kopf. Ich bin die Sache so stümperhaft angegangen, dass dies natürlich schiefgehen musste. Aber wer hätte schon damit gerechnet, dass diese hübsche Frau die Courage besitzt, sich ihrem Entführer in den Weg zu stellen und ihn auch noch zu demaskieren!

Ich wusste, dass sie eine knallharte Geschäftsfrau ist, aber nicht, dass sie so viel Mut in sich trägt, wie eine Tigerin zu kämpfen. Zum Glück, muss ich heute sagen. Denn erst in diesem Moment ist mir klargeworden, wer Megan Prescott wirklich ist.

Sie hat ihre wunderschöne Seele hinter einer Fassade aus Pflichtbewusstsein und Professionalität versteckt, dabei ist sie so viel mehr als nur das. Sie ist die Sonne an meinem Horizont, sie ist mein hellster Stern, mein Universum.

Als sie sich in Moganshan dann weigerte, nach Shanghai zurückzukehren, ahnte ich schon, dass es schwierig für mich werden würde, mich von ihr fernzuhalten, obwohl ich dachte, dass ich nie dasselbe für sie sein könnte wie sie für mich. Ich fühlte mich nicht nur körperlich zu ihr hingezogen, sondern wollte alles von ihr, mit Haut und Haaren, mit jeder Faser meines Seins.

Dass ich damit ein wenig zu heftig und in Windeseile über das Ziel hinausgeschossen bin, wurde mir ziemlich schnell klar.

Gott sei Dank sind ihre Schwester Ashley und ihre Großmutter auf mich zugekommen. Ich habe nicht schlecht gestaunt, als die beiden am Freitagabend vor meinem Hotelzimmer standen und mir gehörig die Leviten gelesen haben.

Ashley hat mich bestaunt, als wäre ich ein Alien. Sie wusste von der Entführung, das hat sie mir zugeflüstert, ihre Großmutter sollte das besser nicht erfahren. Mindestens zehnmal hat Ashley mich trotzdem gefragt, ob ich auch wirklich sicher wäre, dass ich Megan meinen würde. Ich habe nur gelacht und ihr gesagt, was sie für eine wundervolle Schwester hat. Vielleicht werde ich Megan irgendwann erzählen, welche Rolle ihre Familie tatsächlich in unserer Versöhnung gespielt hat.

Ihre Großmutter hat sich mir auf der Geburtstagsparty noch einmal zum Schein so herrlich vorgestellt, was nur bedeuten kann, dass ihre Oma nicht will, dass Megan erfährt, wie ich zur Einsicht gelangt bin. Auf der Feier kam dann auch noch ihr Vater und bot mir einen Scotch an.

Er müsse mit mir sprechen, hatte er mir mitgeteilt. Ich dachte mir schon, dass es um Megan ging, aber dass er mich in der Familie willkommen heißen würde, wenn Megan mich wollte, damit hatte ich nicht gerechnet. Ob sie mich wollen würde, da war ich mir nicht mehr so sicher. Ich hätte mir auf der Bühne beinahe in die Hosen gemacht, so aufgeregt war ich.

Gott sei Dank hat sie Ja gesagt und ich bin so glücklich wie nie. Natürlich musste meine Megan es spannend machen. Da habe ich meine Rede quasi noch einmal vor Publikum proben müssen, weil sie nicht im Saal war, als ich losgelegt habe. Ich muss schmunzeln.

Hätte mir vor einem Monat jemand gesagt, dass ich heute mit Megan Prescott zusammen sein würde, hätte ich denjenigen für geisteskrank erklärt. Eines hat mir ihre Familie bereits jetzt schon klargemacht, nämlich, dass es egal ist, wo man herkommt, solange man für das einsteht, was man liebt.

Und das werde ich tun, für den Rest meines Lebens. Für Megan. Für uns.

„Hunter, wo steckst du so lange?", ruft sie aus dem Schlafzimmer.

„Bin gleich so weit."

Dann spüle ich meinen Mund aus, trockne mein Gesicht und gehe zu ihr.

„Ah, endlich." Sie lächelt mich an und ich setze mich zu ihr an die Bettkante.

„Hast du mich vermisst?" Sie greift nach mir und zieht mich zu sich.

Ich kann einfach nicht genug von ihr bekommen. Ihre Zunge spielt mit meiner und bringt mein Blut zum Kochen. Ich weiß nicht, wie sie es macht, aber sie bringt mich jedes Mal innerhalb kürzester Zeit um den Verstand. Diese Frau ist nicht mein Verderben, im Gegenteil, sie ist mein Paradies.

ENDE

Vorschau Band 3

DER MEISTERDIEB

—

PRESCOTT SISTERS 3

Eine schicksalhafte Begegnung, ein lang gehütetes Geheimnis, ein verloren geglaubtes Schmuckstück. Abgründig und sinnlich, berauschend und geheimnisvoll.

An Männern und Beziehungen hat Kate Prescott absolut kein Interesse. Davon lässt sich Matt Turner jedoch nicht beeindrucken. Der attraktive Engländer besteht auf vier Dates, denn er hat äußerst überzeugende Argumente, die Kate nicht ignorieren kann. Die Anziehungskraft zwischen den beiden ist am Ende stärker als Kates Angst. Aber kann sie Matt wirklich vertrauen?

Er sieht mich an wie ein Jäger seine Beute. „Ich schlage dir einen Deal vor. Du hörst auf, mich zu beklauen, und ich gebe dir eine Chance, es wiedergutzumachen."

Kapitel 1 – Band 3

DIAMANTEN ENTSTEHEN UNTER DRUCK. Doch das ist es nicht, was sie so anziehend für mich macht. Für mich sind es nicht nur funkelnde Schmuckstücke, sondern Magneten, die stärker sind als ich.

Wenn sie so fein verarbeitet sind wie das Collier der Dame vor mir, verhalte ich mich wie der Junkie vor dem nächsten Schuss. Ich möchte die Edelsteine berühren, sie an mich nehmen, in mein Versteck bringen, sie besitzen. Aber heute kann ich dem Drang nicht nachgeben.

Nur mit größter Mühe reiße ich meine Augen vom Hals der Frau los, als mir klar wird, dass ich sie – oder vielmehr ihre Kette – seit geraumer Zeit anstarre.

Ich schlucke hart, nippe an meinem Drink, um meine staubtrockene Kehle zu befeuchten, und lasse den Blick durch die Ausstellungsräume der Galerie meiner Schwester Ashley schweifen.

Und dann sehe ich, dass mich über die Köpfe der anderen Besucher hinweg ein Mann beobachtet, als wäre ich die Hauptattraktion und nicht die Kunstwerke.

Verdammt. Das ist das Letzte, was ich gebrauchen kann: Zuschauer. Schnell verschwinde ich um die nächste Ecke, weil ich mich so fühle, als hätte man mich auf frischer Tat ertappt.

Warum kann ich nicht normal sein? Diese Frage habe ich mir schon tausendmal gestellt, nur, wenn „es" mich erwischt, dann hilft rationales Denken auch nicht mehr. Ich hoffe jedoch sehr, dass ich mich heute im Griff haben werde. Ich muss.

„Ganz schön viele … Schmuckstücke im Raum, nicht?", spricht mich eine hypnotisierende Stimme neben mir an. Ich zucke erschrocken zusammen, weil ich mit meinen Gedanken immer noch weit weg gewesen bin. Aber was hat er da gerade gesagt? Ich muss mich wohl verhört haben.

„Entschuldigung?", gebe ich höchst irritiert von mir und wende meinen Kopf in die Richtung des Mannes. Meine Finger umklammern mein Weißweinglas ein wenig fester, als ich ihn erblicke. Neben mir steht der hochgewachsene Kerl von eben. Er trägt einen dreiteiligen, perfekt sitzenden Anzug. Obwohl ich selbst eins fünfundsiebzig groß bin und hohe Absätze trage, muss ich ein Stück nach oben schauen. Und was ich da sehe! Der Anblick dieses unverschämten Typs ist atemberaubend. Intensive blaue Augen, die mich amüsiert anblitzen und ein herrlich markantes Gesicht mit energischem Kinn, einer langen, geraden Nase und kräftigen, schön geschwungenen Augenbrauen.

„Faszinierende Kunst." Er wendet sich den Gemälden und Skulpturen zu.

Gott, ich bin erleichtert. Für einen Moment dachte ich, er hätte mich durchschaut. Nur langsam füllen sich meine Lungen wieder mit Luft, nachdem ich eine Sekunde vergessen hatte zu atmen.

„In der Tat, wirklich gelungen, die Vernissage." Auf der anderen Seite der Galerie entdecke ich meine Schwester Megan, die mit ihrem Freund Hunter vor einem Bild turtelt und ihn anschmachtet. Sie scheinen sich noch weniger für die Ausstellung zu interessieren als ich.

Eine junge Liebe. Kaum zu glauben, dass Megan innerhalb so kurzer Zeit dermaßen aufgeblüht ist. Sie strahlt eine solche Energie aus, dass sie damit den ganzen Raum zum Leuchten bringt. Vor Kurzem war sie noch blass, dünn und unglücklich. Seit Hunter in ihr Leben getreten ist, geht es ihr viel besser. Ich freue mich für sie.

„Kennen Sie die beiden?" Ich runzele die Stirn und neige meinen Kopf ein Stück. Seine blauen Augen ruhen nach wie vor auf mir, als hätte er alle Zeit der Welt. So intensiv, wie sie mich mustern, komme ich mir beinahe so vor, als ob ich nackt wäre. Er macht mich nervös, meine Nerven sind völlig überspannt.

„Meine Schwester."

„Ah, verstehe. Sagen Sie, wie wäre es, wenn ich Sie zum Essen einladen würde? Sie sehen ein bisschen … verloren aus."

Verloren? Der Kerl hat ja keine Ahnung.

Zum Glück.

Was ich in meinem Zustand am wenigsten gebrauchen kann, ist jemand, der mich mehr durcheinanderbringt, als ich ohnehin schon bin. Meine Schlagfertigkeit lässt erfreulicherweise nicht lange auf sich warten.

„Ich weiß zwar nicht, was es Sie angeht, aber ich habe absolut keinen Bedarf. Also, falls Sie mich anmachen wollten – äußerst ungeschickt, wenn ich das bemerken darf –, dann sind Sie bei mir an der falschen Adresse."

Ich drehe ihm meine Kehrseite zu und nehme einen Schluck von meinem Weißwein, um mich zu beruhigen.

Mein Herzschlag ist immer noch viel zu schnell dafür, dass ich einfach nur dastehe. Irritiert über meine starken physischen Reaktionen, gehe ich zum nächsten Bild und lasse ihn zurück.

Erst jetzt wird mir bewusst, dass ich nicht mal seinen Namen kenne. Ich bin jedoch nicht sonderlich überrascht, als ich Schritte hinter mir wahrnehme. Ein Charakter wie er gibt nicht so leicht auf, was auch immer er im Sinn hat.

„Mein Spruch scheint nicht so gut angekommen zu sein", höre ich seinen sonoren Bariton erneut und muss beinahe über seine Berechenbarkeit grinsen.

„Nein, wenn Sie geglaubt haben, dass ich, nur weil Sie einigermaßen attraktiv sind, gleich vor Freude über eine Anmache in Ohnmacht fallen würde, haben Sie sich getäuscht. Wie ich bereits sagte, kein Bedarf." Meine Stimme klingt erfreulicherweise kühl und beherrscht.

„Ich stehe auf Herausforderungen", erwidert er und sein Tonfall lässt keinen Zweifel daran, dass er es ernst meint. Obwohl ich es nicht will, stellen sich die feinen Härchen auf meiner Haut auf, weil er mich – leider – absolut nicht kaltlässt, während ich mir alle Mühe gebe, das zu verbergen. Aber ich bin nicht naiv, und blöd schon gar nicht. Einen Mann, der mich nur ins Bett zerren will, vermisse ich nicht. Offerten dieser Art bekomme ich häufig genug. Wenn man es genau nimmt, brauche ich überhaupt keinen Kerl, der mir in mein Leben pfuscht. Ich bin zufrieden, führe ein gut laufendes Innendesignbüro und habe eine meistens nette Familie. Wozu sich den Alltag mit einem Macho an der Seite schwermachen? Nein, danke. Beziehungen enden sowieso immer mit Schmerz und Bitterkeit. Und aktuell kämpfe ich noch mit ganz anderen Bürden.

„Du findest mich also attraktiv?", hakt er nach und ich gebe dem Verlangen, mit den Augen zu rollen, nicht nach.

Sein Akzent klingt britisch, seine Haltung spricht für eine gute Schule oder zumindest ein solides Elternhaus. Das war es dann auch schon an positiven Eigenschaften neben seinem guten Aussehen, aber das ist bekanntlich ja nicht genug.

„Sind Sie vielleicht Anwalt oder warum drehen Sie jedes meiner Worte um? Ich kann mich nicht erinnern, Ihnen das Du angeboten zu haben", entgegne ich eisig und schaue mich nach einer möglichen Rettung in Form einer meiner Schwestern oder meiner Großmutter um. Alles, nur dass mir nicht die Frau mit dem Collier wieder über den Weg läuft, flehe ich lautlos.

„Nein", lacht er. „Ganz im Gegenteil, ich verdiene mein Geld mit den schönen Dingen des Lebens."

„Na, als Escort müssten Sie aber bessere Manieren haben", antworte ich wenig begeistert.

Nun ist es an ihm, nach Luft zu japsen.

„Wirke ich etwa wie ein Escort?" Er klingt ernsthaft beleidigt und ich muss grinsen. Sein Gesichtsausdruck ist einfach zum Totlachen. Für einen Moment vergesse ich mein eigenes Dilemma und betrachte ihn noch einmal eingehender. Leider gefällt mir, was ich da an meiner Seite habe…

Über die Autorin

Wenn ich nicht schreibe, was ziemlich häufig der Fall ist, verbringe ich die Zeit mit meinen beiden Kleinsten, meinem Mann und dem Rest unserer internationalen Patchworkfamilie. Manchmal wundere ich mich selbst, dass ich trotz meines Alltags überhaupt etwas zu Papier bringe. Und dann sind die Kinder im Kindergarten, der Hund schläft müde auf seinem Kissen und ich sitze wieder am PC und vergesse die Welt um mich herum. Endlich hacke ich wieder auf die Tastatur ein und schreibe, bis ich Krämpfe in den Händen bekomme. Dann weiß ich wieder, wieso, denn das Schreiben ist für mich die schönste Zeit des Tages.

Ich bin Jahrgang 1979 und lebe seit vielen Jahren in der Lüneburger Heide, komme ursprünglich aber aus Süddeutschland.

Danksagung

Liebe Leserin! Lieber Leser!

Ich bedanke mich bei allen Leserinnen und Lesern. Ihr seid großartig, ohne Euch wären meine Bücher in dieser Form gar nicht da. Wenn Euch mein Buch gefallen hat, freue ich mich sehr, wenn Ihr eine Rezension dazu verfasst. Ich lese jede einzelne davon und sie helfen mir, meine Bücher noch weiter zu verbessern.

Danke auch, liebes Bookrix-Team. Ihr seid immer für mich da und habt vieles für mich möglich gemacht, wovon ich nie zu träumen gewagt habe. Allen voran danke ich Lisa Frank, ich kann sie wirklich immer mit jedem noch so unsinnigen Problem nerven und sie bleibt trotzdem immer gut gelaunt und zuversichtlich. Außerdem bedanke ich mich bei Sandra für den professionellen Printbuchsatz und bei Andreas für das Korrektorat.

Last but not least danke ich meiner Familie und vor allem meinem Mann, der alle meine Launen Tag für Tag erträgt. Und ich weiß, das ist nicht immer einfach …
Schaut gerne auf meiner Facebook-Seite vorbei, ich würde mich freuen.

Wenn ihr sicher sein wollt, dass ihr keine Neuerscheinung verpasst, meldet euch zu meinem Newsletter an. (http://www.karinlindberg.info/newsletter/)

Alles Liebe,
Karin Lindberg

Buchempfehlung

Wedding-Planners-Reihe von Eva Maro

Band I »Solo für Zwei« ist seit dem 02. Mai 2017 exklusiv auf Amazon erhältlich.

Band II der Wedding Planners »Wild @ Heart« erscheint am 19. Mai und wird in allen E-Book-Shops zum Einführungspreis von 0,99 € erhältlich sein.

Tischlerin Helen hat all das, was Männer an einer »Frau zum Pferdestehlen« schätzen! Aber wie viele Pferde braucht der Mensch? Und was, wenn die patente Kumpelin sich verliebt? Helen hängt die Arbeitskleidung an den Nagel und setzt alles daran, ihr Leben umzukrempeln und den smarten Womanizer Tom für sich zu gewinnen. Dass sie und die Freundinnen aus der WG Toms Schwester nebenher zu einer Traumhochzeit verhelfen, scheint zunächst ein Pluspunkt, ist es doch ein willkommener Vorwand, ihn zu treffen – bis Tom Helen darum bittet, sein »Plus eins« Veronika auf die Liste der Hochzeitsgäste zu setzen. Helen beschließt, den ungleichen Kampf mit der gehässigen Widersacherin aufzunehmen – mit High Heels & Charme, unterstützt von den Freundinnen fürs Leben!

Band III – »Zuckersüß verliebt« erzählt Marthas Geschichte.

Band IV – »Hauchzarte Küsse« handelt von der quirligen Mai, die nach Annas Auszug in die WG einzieht.

Band V – »Montags-Braut« bildet den Abschluss der Wedding Planners Serie mit Tines Geschichte.